闲杂人等

梅珈瑞 著

有人的地方，就有江湖。

作家出版社

CONTENTS

目录

剃头的江湖

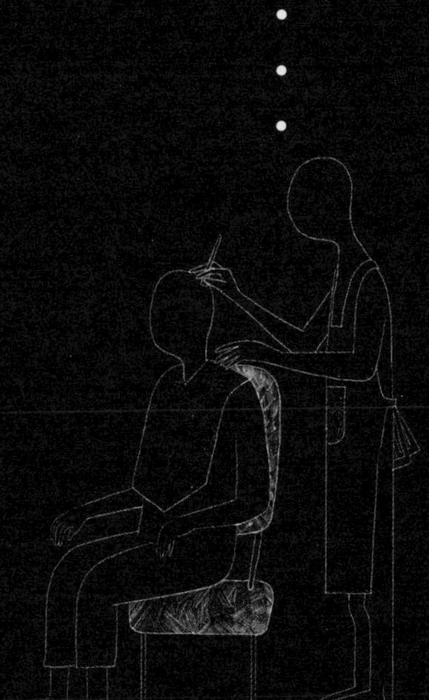

剃头的江湖

•
•
•

一

我曾经在溪城理发时听过这样一个故事，那是店老板韩金剪子讲给我的。他说，早年间剃头这一行当讲究可多了，和如今大不相同。

据他说，虽然剃头的手艺由来已久，但是在很长一段时间里，剃头不算正式的行当，压根没人指着靠它吃饭，拿它当个营生、当个买卖来干。那会儿，有这门功夫的人并不称为理发师或是剃头匠，而是叫刀镊手作。这些刀镊手作都被豢养在富贵人家里做下人，整日攀陪在富贵公子身旁，伺候主子修发掏耳、饮酒享乐，极尽阿谀谄媚之能事，是地地道道的下人胚子。

清兵入关后，满人为了强化统治政权，削弱汉人反抗意识，下令要求汉人男子，无论官民，一律要将前颅的头发剃掉，脑瓜顶上只准留下铜钱大小的一撮头发，再编成铜钱孔粗细的辫子，作“金钱鼠尾”头式。剃发归降，才能免于被清兵砍头。

这便是人们口中“留头不留发，留发不留头”的剃发令。

而剃头这一行，到了此时，才算正经有了自己的营生。

随着清政府的统治日益稳固加深，越来越多的刀镊手作没了主子可伺候，只得走出华宅高院，搭起剃头棚，担起剃头挑，走街串巷，靠手上的技艺替人剃头修面，一改原来的奴婢相，本本分分做活，最终凭借老百姓的口耳相传，逐渐被江湖人所接纳，迎头碰面有了一声江湖问候，才好歹算是入了流。

这段故事，要从韩金剪子他姥爷“唐一刀”开始讲起。

“唐一刀”本名唐汉生，是溪城剃头匠里数一数二的好手。据说，唐汉生学艺在扬州，南方气候温暖湿润，人们的发根总是被汗浸着，发质比北方人更加柔软卷曲，更考验剃头匠的刀把子，所以，他的剃头刀手平把稳，劲头十足。

几乎所有溪城男人都知道，唐汉生手中的木柄剃头刀只要从头顶一扫，刀锋所过之处，不管多软多硬多油多涩的头发，保准干干净净，一根不剩，绝不走第二刀。要换作其他剃头匠，一刀不净再来一刀，反反复复，刮得头皮难受，红肿生疼。

所以，老主顾们总是称赞唐汉生，说他“一刀下去，片甲不留”，日子久了，说的人多了，便在坊间传开来，最后百姓送了他个绰号，叫“唐一刀”。

他也正是凭借这一手干净利落的剃头手艺，在溪城站住了脚，扎下了根。

二

这一天早晨，唐一刀照例来到溪城三角地搭棚营业。几个徒弟放下剃头挑子，搭起简易的剃头棚，烧水的烧水，养炭的养碳，唐一刀背着手踱着步，并不跟着忙活。如今他已经很少伸手做活了，一来年纪越来越大，精神头跟不上，二来也为了徒弟们多学多练，不能总捧着西瓜闷头雕花。除了有身份有交情的老主顾，唐一刀基本只是站在剃头棚的后头，盯着徒弟上剪下刀，时不时提醒徒弟腕子的力道和角度。

但老主顾来了，就又不一样了。这帮人讲究，剃发刮脸修面采耳按摩，少了一样都不答应。这套全彩儿，徒弟们做他不放心，必须亲自伺候着。老主顾舒舒服服地躺在椅子上，还总是当着他徒弟的面拿他玩笑，说：“唐一刀啊，

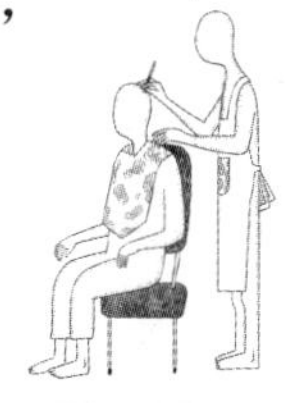

你这是怕教会了徒弟饿死师父，才不把手艺都教了，哈哈哈，活该你受累！”

每当这时候，唐一刀也不多做辩解，只是轻描淡写说：“他们才学了几年，半吊子手艺，怕怠慢了老几位，最后传出去，骂的是他们吗？骂的是当师父的我！您说是这个理儿不是？”

唐一刀说的倒是并未掺假，想当年他学艺的时候，远比现在复杂得多。拜了师父，一进门，别的甭干，先给师父师娘倒三年尿壶，三年期满，才第一次握上剃头刀。原以为师父要传能耐，可谁知只递给他半拉西瓜皮，叫他每日拿着剃头刀削瓜皮，从早到晚不停地削，削下来的每块瓜皮都得透光，削到不能再削，西瓜皮就削成了瓜皮帽，灯下一晃锃明瓦亮，却一个窟窿眼都没有。但这可不算完，还得叫西瓜皮一圈薄厚相等，扔到河里像河灯，飘飘摇摇顺着水往下流，一旦薄厚不均，栽了膀子扣进水里，师父也不责怪，拿出剩下那半块西瓜皮给他，接着练。

唐一刀的刀工就是这么练成的。

三年倒尿，半年削瓜，梳头、剃头、刮脸、采耳又学三年半。到了第八个年头，师父仍是不让出门干活。他耐不住性子，一心想试试自己的能耐大小，就背着师父挑起剃头挑子，拿起响器“唤头”，跑到乡下好歹过了几把瘾。

不料，等他回来的时候，师父领着两个师兄弟堵在门口，任凭他怎么苦苦哀求，死活不让他进家门。

用师父的话说，你心不在这儿，学也学不成了。

“没别的送你的，这剃头挑子带着，总不至于饿死。但你学艺未精，遇见能人盘道，恐怕要犯难。有朝一日，山南海北遇上同行，无论胜败，就别说是我的徒弟了。”师父说完话，大门关上，院里再没了动静。

唐一刀在门口跪了一夜，大门始终未开，最后只得一咬牙，挑起剃头挑子，离开了扬州，辗转北上，最终来到了溪城。

三

三角地是溪城最热闹的地界，南七北六十三省，但凡来到关外的江湖艺人，都不免要在此处落脚周转，撂撂地、得俩钱，随后再计划是北上长春、哈尔滨，还是南下营口、旅顺港。所以剃头棚搭在这里，当地、外地的生意两不耽误，而且广场上江湖玩意儿也多，总还有热闹可瞧。

快到晌午，徒弟们手头的活陆陆续续地停了，大家伙一起搭起一张简易的木板桌子，准备吃午饭。唐一刀站在桌子上席，几个徒弟一手拿着馒头一手举着筷子站在四周。剃头的椅子放在不远处，整整齐齐码成一排，但他和徒弟们谁也不去坐。这是唐一刀给他们立下的规矩：“椅子是客人坐

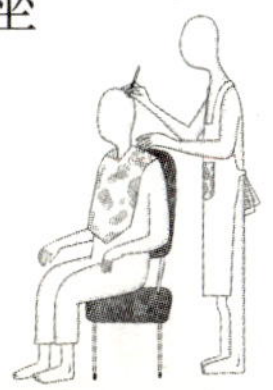

的，不是咱们坐的。”

徒弟们看着师父都起了表率，自然也都磨不开面子再坐了。

三角地到了这个时候，喧闹的广场便安静下来，撂地的艺人和买卖人都停止了吆喝，三三两两聚在一堆，各自拿出准备的饭菜，边吃边轻声说着话。

突然，一声熟悉的响声不合时宜地从广场边传了过来，那声音清脆悦耳，带着铁器特有的撞击嗡鸣，摇摇晃晃地传进棚里。几个徒弟都没注意，还在一旁边吃边聊，唐一刀却脸色一沉，放下筷子，绕出饭桌，走到剃头棚外，寻找声音的来源。

正当他四下张望的时候，又一声“呛啷”传来，这次唐一刀听得真切，顺着声音瞧了过去，只见一个三十多岁的男子打三角地的东边晃晃悠悠地走了过来，肩头上挑着一副剃头挑子，手里拿着状似镊子的响器，小铁棍插进镊子当间，用力地向外一滑。

“呛啷——”

发出这声响的玩意儿不是别的，正是剃头匠人走南闯北用来招揽顾客的响器，名为“唤头”。它是下街剃头匠随身携带的吃饭家伙，人们只要听见唤头声响起，就知道，门外保准是来了剃头匠，想剃头的人便打开门，领着师傅进屋做活。

所谓，一响唤头，吃喝不愁，唤头一响，白银万两。

远处来人此时也瞧见了一脸气愤的唐一刀，可他却像是早有准备，脚下的步子仍旧不紧不慢地往前迈着，时不时打一声唤头，“呛啷——呛啷——”他脸上挂着笑，奔着剃头棚就来了。

来人走到近前，一脸怒气的唐一刀却并不搭话，他转过身子从徒弟的挑子上抽出一块围布，双手一抖，蓝色围布像一条青龙，在空中拧着劲翻了两个跟头，然后不偏不倚、平平整整地落到了剃头棚前面的空地上，阻了这人的去路。

徒弟们这会儿才发觉师父手上的动作，可又不明白师父把围布铺在地上是何用意，刚想上前去捡，只见师父怒目圆睁，狠狠瞪了他们一眼，吓得赶紧又把手缩了回来。

他们不懂，唐一刀这一铺，看似古怪异常，实则却是江湖人都必须熟知的规矩，同行盘道。

剃头行和其他江湖行当一样，也有春典切口，也有门内规矩。两挑相遇，如果各干各的，不想交流过手艺，也不想抢买卖占地盘，就各自停了手中的响器，待双方走远，再出声揽客。这是剃头业祖传道范《净发须知》里，明确说明了的行规社章。

问云：镊子几不打？答云：镊子三不打。

问云：如何三不打？答云：第一过本行面前不打，第二过神庙前不打，第三过桥不打。

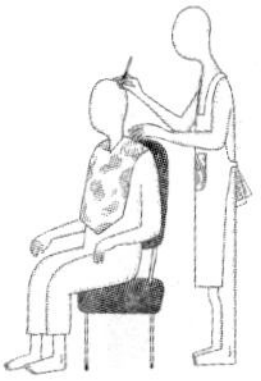

问云：如何不打？答云：过本行面前礼数不周不敢打，过神庙前叨扰鬼神不敢打，过桥恐惊四海龙王不敢打。

可眼前这位，却一直把唤头响到了唐一刀的剃头棚门口。唐一刀想着，要么此人有师无祖，不懂行业门门道道，是个半路出家的外行人；要么就是明知故犯，打定主意要找同行别扭。不管哪一样，他这样面对同行，都已然是挑衅和不尊，唐一刀在溪城剃头这么多年，还从来没有谁敢如此不把他放在眼里，找他犯别扭。

所以，唐一刀也并不客气，直接迎头盘上了道。

剃头挑子盘道，分文盘、武盘。文盘无非是用祖传道范相互试探，我问话你答话，三言两语，你若答得上来，互相抱一拳，寒暄两句便各自退开。

可唐一刀不言不语，直接把围布铺在地上，挡住去路，却是实实在在的武盘。

剃头匠人大小两块围布，代表着祖师爷罗祖座下的两条青龙。此时，地下这一块，便是那其中一条。假若他直闯过去或是绕开围布另走他路，就说明他不懂行规，唐一刀便可以让徒弟没收了他的剃头挑子和唤头，叫他吃个亏，给他上上课，也长长记性。

如果他敢反抗，那就更好办了。都不用自己伸手，三角地上深谙道上规矩的江湖人，就会出手相助，毁了他吃饭家伙不说，一顿揍总是要挨下了。

这便是武盘的凶险。

退一步讲，若是他真懂得行规，方才不过是误鸣唤头或有难言之隐，倒也有化解之法。他只需走到围布前，弯腰撕开一寸长的小口，随撕随叫："你要青龙拦路。"然后拿出自己的小围布搭在左臂上，再把剃头挑子从肩上放下，单臂擎住挑子而不落地，大喝一声："我便跨海登山。"如此这般，他可踩着青龙继续往前走，最后走出围布，再度鸣响唤头，视为道歉，这样唐一刀便不可阻拦。

三角地上午休的人们这会儿已经注意到剃头棚前的变故，纷纷放下手中干粮，三五成群，浩浩荡荡地围了上来。毕竟，江湖人管江湖事，江湖事找江湖人。行走江湖，最重要的便是一个"义"字，更何况，他们深知，这些江湖规矩如果自己都不拥护，江湖饭碗让外人撬了行拿去，最终是大家一起都没饭辙。

唐一刀见众人围了上来，心里顿时添了底气，眉宇间更多了几分锐利，只要对方稍有闪失和不周到，他随时可以给这人一点儿教训。

可让所有人都没想到的是，这位外来的剃头匠丝毫不受场上人的气势影响，淡定自若地放下了剃头挑子，回身从身后的凳子下面也抽出块蓝色围布。不等众人反应，只见他攥起围布中间，扭着腕子向天上一推，平整的围布在空中疾速旋转，随后缓缓下落，噗的一声，落在地上，众人再瞧，

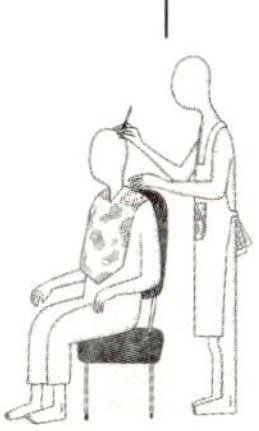

地下这两块围布严丝合缝地叠在一起，似变成了一块。

人群哗然一片，其中有懂行的，小声感叹：“今儿在溪城，算是开了眼了！”

身旁人不懂，问道：“前辈，你见多识广，就这两下子，该怎么讲？”

“我也是听老先生提过一嘴，叫占道，他这意思是要比试比试手艺，要凭能耐霸占唐一刀脚底下这块宝地啊！”

再看唐一刀，他呆愣愣的双眼，紧紧盯着地上叠在一起的两块围布。

如今这个年月，竟然还有人会使这一手——青龙占道！

四

三角地里已经炸了，腿疾嘴快的人看明白门道，挤出人群吆喝，远处不明就里仍在吃饭的人也来瞧热闹，不一会儿，偌大的场地里再没有耍玩意儿做买卖的人，大家伙都聚拢在剃头棚周围，等着看这场剃头较量。

“师父，师父！”徒弟的喊声把呆在原地的唐一刀拽回到当场，他深深喘了几口粗气，急骤的心跳才缓缓趋于平稳。

其实，让他感到莫名恐慌的并不是眼前同行的这一出青龙占道，而是方才，他的脑海里竟没来由地响起离开扬州时师父所说的话："你学艺未精，遇见能人盘道，恐怕要犯难。有朝一日，山南海北遇上同行，无论胜败，就别说是我的徒弟了。"

这让唐一刀觉得，师父的话像是命中注定，冥冥之中早已有了安排。

来人见唐一刀许久没有言声，便抢先上前一步，拱手报号："在下韩守义，京东宝坻人士，初来溪城，还请问大师父尊姓大名。"

"不敢，唐汉生。"唐一刀稳了稳心神，拱手回礼。

"唐师傅，先给您赔不是了，非是晚辈砸您饭碗，实在是老娘患了急病，家里头等着我挣钱买药，我挑着挑子绕着溪城走了三圈，愣是没有唤出一位剃头的，打听后才得知，溪城百姓剃头，只认您这一家。"韩守义拍了拍干瘪的肚腩，黑瘦的脸上泛着苦笑，"所以，还请您见谅，也慢说救不救得了老娘，便是我这大老爷们，如今也饿得前胸贴后背，再寻不着饭辙，可能我自己都得饿死。"

"韩老弟要有难处，尽管跟我讲就是，往远了说咱们都是江湖穷苦人，往近了说又都拜着同一个祖师爷，何必要摞下青龙占道，叫外人看自家笑话？"唐一刀混迹江湖二十多年，真话假话倒还是听得明白，所谓的老娘看病，不过是韩守义顾及自己脸面的托词，就单看刚才甩围布那一腕儿，绝不是体力不支肚里没食儿的人亮得出来的。不过，话已至

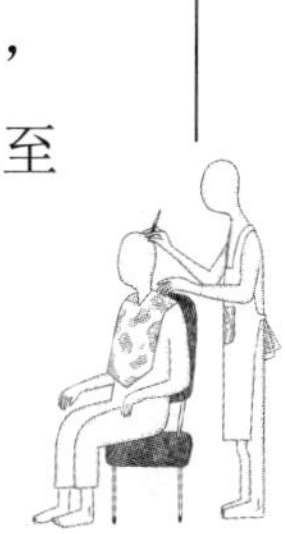

此，他也不好说破，只得顺着他的话头往下说。

韩守义干笑了两声，接着说："话是这么说，可事不能这么办。毕竟，晚辈手底下也压着些薄艺，今天来此，不为别的，还请唐师傅赏脸，考验考验晚辈。要是这挑子底下的能耐瞧得过去，就允我块地方，再分我几位主顾伺候，晚辈就心满意足了。"

"看来韩师傅早有准备。"唐一刀忽然收起了笑容，"这么说，你当真看上这块地方了？"

"当真看好了。"韩守义点头。

"好，那咱们把话说前头，比试下来，你若输了，怎么讲？"唐一刀问。

"当众砸了我的剃头挑子，晚辈活该饿死，收拾铺盖回宝坻，再不出山海关半步。"

"你若赢了，又怎么说？"唐一刀又问。

"那就劳烦前辈给个活口，领您徒弟另寻出路。当然，这剃头棚里，永远有您一席位置，赚得不管多少，月月也有您二分的毛利。"韩守义说。

"放屁！"还不等唐一刀说话，他身后的几个徒弟便冲上前来，拎起挑子凳子，作势要和韩守义动手。

唐一刀把眼一横，怒斥徒弟们道："别给我丢人现眼，没你们说话的份。"

见徒弟们放下家伙，悻悻地退了回去，唐一刀才再度向韩守义拱手：“徒弟不懂事，还请韩师傅见谅，既然你铁了心看上这块破地儿，我让与你便是了。”

“前辈大仁大义，晚辈……”

韩守义刚想拜谢，唐一刀却话锋一转：“不过总是相识一场，交流交流技艺，叫我这些徒弟开开眼界，倒也是件好事。”

“前辈教授徒弟用心尽力，着实让人钦佩，是这话，晚辈要的也就是这话。所谓无功不受禄，唐师傅虽想提携晚辈，可我要是不露露真本事，无故得了这么好的地界，即便您答应，溪城老百姓恐怕也不能答应。”

在场的人听着二人的谈话，无不在心里暗自称赞。不论是外来占道的韩守义，还是坐山守海的唐一刀，你来我往，每句话都叫人听着舒服得体，而每句话却又都藏着各自的杀机。不用说，都是老江湖了。

“既然这么说，那韩师傅，请！”唐一刀后退了半步，顺势伸出右臂，把韩守义让进了剃头棚。

“您请！”

五

剃头人做活，用的都得是自己熟悉趁手的工具。韩守义提着剃头挑子，一走进棚里，唐一刀便让徒弟把他们的东西

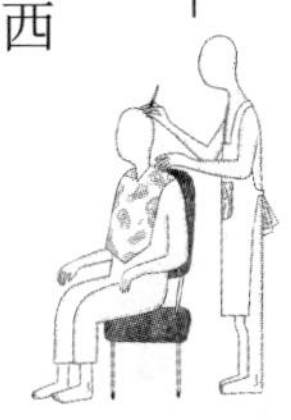

撤下，留下块空地，给韩守义放家伙，自己也回过身，准备好做活用的一应器具。

两人熟练地把案边的剃头刀、刮脸刀、取耳、刷子、拢子、篦子等工具依次码好以后，唐一刀才再度走到众人面前，做了个罗圈揖，客客气气地说："今日之事，想必到场各位在旁看得真切。韩老弟远道而来，划下道道儿，我唐一刀不得不接下。此时此刻，只需两位朋友上到头前来，坐到这剃头椅子上充当客人，说是交流也好，说是比试也罢，总之我二人一定使出各自能耐，好生伺候咱自家江湖兄弟。其余旁人，若是没有急事，也给我们俩站站脚助助威，做个见证。诸位都是走南闯北吃过见过的，当着大伙儿的面，孰高孰低，最后自有鉴别。我唐一刀，先谢谢诸位了！"

几句客套话说完，韩守义随着唐一刀拱手施礼，也向四下拜了拜。人群里虽然一阵骚乱，但很快就有人喊出两个男人的名字，剃头棚前的唐一刀和韩守义，随着众人的眼光望去，竟发现这二人，不仅年龄相仿，头发和胡须的长短也相差无几，非常适合他们比试，故而对视着点了点头，各自上前客客气气地选了一位，请到椅子上。

那二人本不愿意，可周围人起着哄，两位师傅又甚是恭敬，只好半推半就地做了这比试的道具。

这场江湖上难得一遇的剃头比试，算是开始了。

客人依次坐好，唐一刀和韩守义便不再互相搭话。只见他们动作飞快，各自抽出小围布环绕在客人脖颈上，随后“腾、腾”两声，两块蓝色大围布笔直地甩到两位客人前方，随后两手一带，围布又同时被收了回来，服服帖帖地落在两位客人的身前，一系一塞，二人脖颈周围便都严丝合缝地被围布罩上，一根头发也插不进去了。

这时，唐一刀终于稳下心神，渐渐忘记了身边的韩守义，把所有的精神完全投入到这门自己钻研了一辈子的手艺当中，再也没了开始时的慌乱。

唐一刀先把毛巾浸上热水，叠上两层罩在客人的脑袋上，毛巾虽冒着热气，却不见客人喊烫叫疼，想必水温刚好。紧接着，他双手五指化为爪状，拿捏着力度在客人头上弹、压、按、揉，椅子上的男人被他一按，嘴角流出轻松的笑意，舒服地把眼睛微微合上。他掐算着时间，不多时，手下便感觉到隔着毛巾的头发已经烫软，剃发的火候已到。唐一刀一回身，从案上拎起剃头刀，在挡刀布上阳七阴三迅速地磨了磨，倏地掀开毛巾，果断下了第一刀。刀锋斩断发根轻擦头皮，熟悉而动听的嗞嗞声终于响起来。

这是唐一刀看家的本事，即使是接连几天都未曾做活，手上也丝毫不见生疏，手起刀过，力道分毫不差，头发半根不留，而且越刮越快，没有半点儿停顿。来往十几刀以后，男人的头发已经一根不剩地全被剃光。唐一刀抄起毛

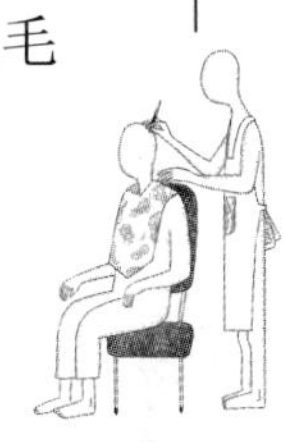

巾，顺着前额由前往后轻轻一抹，光秃秃的头顶便泛起光亮，衬着头皮上毛孔的青色，显得分外的干净漂亮。

他自己看都不看，就把毛巾朝众人展开。围观的人定睛仔细观瞧，只见那纯白色毛巾上，竟一根碎发都未曾沾上。

“这是好手艺，真功夫！”人们赞叹道。

他得意地瞅了瞅一旁的韩守义，此时韩守义手上的剃头刀幅度极小地在客人头上抖动，虽动作不大，但速度惊人。唐一刀只看见他右手的虚影在客人头顶转过来绕过去，刀锋下发出嗡嗡的声响，一撮撮头发就跟着掉了下来。旁人不懂，可唐一刀是明白的，这套绝技叫群蜂采蜜，几十年来，只有师承宝坻、应县两地的人才可习得。不得不说，这个年轻后生，确实有两下子。

来不及多想，唐一刀借着先机，赶忙给客人进行下一步，刮脸修面。

他熟练地拿起毛刷，沾上温水，在香皂碗里顺时针转了三圈，仔仔细细地涂在客人的胡子上，三下两下，椅子上的人就被打成了泡沫脸，剃刀仍旧挡上那么几挡，便飞速地顺着男人的脸颊刮了下去。唐一刀动作轻巧，一气呵成，行云流水间黑色的胡楂和白色的泡沫一同粘在了刀背上，露出本来的皮肉。干干净净，利利索索，甚至连青色的胡楂印，都不露分毫。

而且，唐一刀刮脸虽说还是一刀，但这一刀却比头顶的一刀更见功夫。要知道，这人的胡须短小坚硬，分布稀松，而刀锋所行之处又不如头皮平滑结实，极易刮伤面颊，所以比起剃头，刮脸更考验手底下的准头。

“好！”又是一轻声喝彩！

唐一刀的剃刀三下五下，就把那人的胡子刮个干净，可他并未收刀，又在男人的五官周围游走了一圈，使了一手“城墙跑马”，客人脸上细微的茸毛竟然也随着剃刀，消失得无影无踪。如此这般，唐一刀才觉得满意，拿出了小剪子，小心翼翼地修剪客人鼻孔里多余的鼻毛，这套修面，才算是彻底成活了。

他再看一旁的韩守义，此时竟然加快速度赶了上来。居然先于自己完成了修面。这会儿已经请出了蟋蟀桶，指头缝里夹着长短不一的工具为客人掏起了耳朵。

“一只蟋蟀桶，内藏九条龙。”动作舒缓柔和的韩守义屏气凝神，一根挖耳勺、一竿耳绒、一把镊子，在客人耳朵里连掏带捻，接连使出“龙入地”“龙摆尾”“黄蜂进洞”几招，他是招招讲究，客人也阵阵轻松，在惬意与舒坦中，男人几乎要瘫倒在椅子上，只顾着享受，一动也不肯动。

足足半个时辰，围场上只有嘁嘁喳喳微小的议论和偶尔轻声的惊呼，却没有一人敢高声说话，唯恐打扰了剃头棚里这两位师傅的绝世手艺。

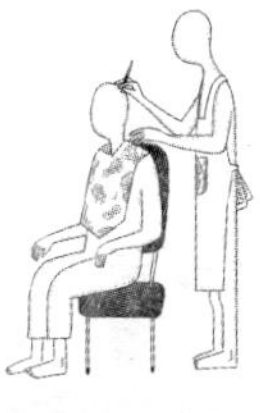

男人们却越看越懊恼，后悔刚才自己为什么不主动站出来，想必这般神仙待遇就便宜不了旁人了。

六

在大家屏气凝神的注视下，唐一刀和韩守义终于把各自脸上头上的活都收了尾。如今，只差最后一道工序，这趟剃头便可称为“全彩”。而这最后一种手艺，恰是唐一刀心里最不落底的“放睡”。

唐一刀学艺七年，唯一没从师父手里习来的便是这放睡按摩的手艺——“五花锤”。虽说放睡不比剃头刮脸，这种服务只是剃头匠答谢老主顾的赠送，没有价目单，也轻易不伺候。可即便如此，也终究得算是剃头匠必须掌握的本事。

你若不会，在行里便叫“瘸腿儿”。而唐一刀自己心知肚明，他正是这个手艺上的“瘸腿儿”。

自知没学会“五花锤”，唐一刀来到溪城站稳脚跟以后，便特地去了趟奉天城，向华清池的林师傅讨教过按摩之法，虽搓澡这一行和剃头总是隔着道，可说到底也都是按摩，总还有些相通之处。经林师傅指点，唐一刀放睡的手艺马马虎虎也算勉强可以做了。但他明白，糊弄别人好说，同行面前，只要自己一伸手，准保就得露怯。

想到这，唐一刀略微有些迟疑，可身边韩守义早已撑起按摩的架势，左右开弓，拳掌如暴风骤雨般，密集地敲打在客人的身上。

当下无奈，他也只能硬着头皮按照平常的手段，仔仔细细地给那人放睡，只要旁人看不出这里面的门道，即便韩守义手艺更地道，也没人懂这其中的差别。

二人敲打的声音交汇在一起，仿佛黄豆大的雨点砸在地上，哒哒哒，哒哒哒，清脆悦耳，甚是动听。

不多时，只听唐一刀一声吆喝：“得嘞您呐！”

人群先是一愣，随后响起了阵阵掌声，其实人们心中已经下了定论，这个姓韩的外乡人，一套活中规中矩，即便是有些能耐，可也没什么惊人的手段，总是不及唐师傅那“一刀下去，片甲不留”出神入化的手艺。

客人从椅子上站起身，对着唐一刀连连道谢。唐一刀环顾四周，发现韩守义还在不停地敲打客人的脖颈，他一直悬在半空的心总算是落了地。

他侧过身子，仔细端详了好一阵，韩守义此刻才渐渐停手，心中虽有些自傲，却仍故作宽厚地说：“虽然这活做得有些慢了，不过韩师傅年纪轻轻便有如此手艺，实在难得。”

“唐师傅抬举了，只是，这做活哪来的快慢之说，客人舒服，哪怕一天只伺候一位，我也不觉得慢。”韩守义坦然一笑。

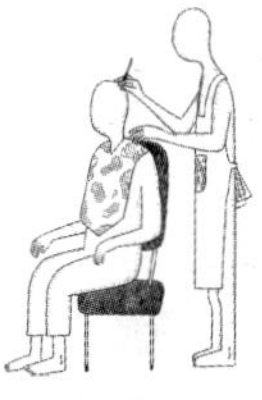

被韩守义一驳，唐一刀面色有些难看，便沉下脸说：“那还真得请这位朋友给大家伙说说，剃的头疼不疼，刮的脸涩不涩，到底是舒服，还是不舒服了。”

“那您可得大声吆喝，这位兄弟这会儿正做美梦呢。”

此话一出，在场所有人都惊呼了一声。剃头刮脸，不管怎么说也是从身上割发剃须，总不免有些微弱的痛感，所谓舒服，也只是面目清净，觉着神清气爽，而敲打按摩，力道更是明明白白地落到肉上骨头上，再加上周遭吵闹，怎么可能在这围场之中，说睡就睡了？

唐一刀自然更是觉得惊讶，他打死也不信会有人在剃头的过程中入眠，便轻手轻脚地走到近前一探究竟。

只见椅子上的男人此刻面容安详，呼吸平顺，轻微的鼾声从鼻腔内传了出来。

唐一刀不可思议地咽了口唾沫——那人竟然真的睡着了！

“既然做了放睡，不睡着又怎么能叫放睡呢？我方才帮这位朋友敲打敲打穴位，通络通络气血，好好地叫他舒坦一番，气脉通了，浑身舒爽，睡着也是应该。”韩守义似是说给众人听，实际上字字句句都扎在唐一刀的心窝里。

事到如今，唐一刀还是觉得难以置信。他推搡了几下酣睡的男人，男人在睡梦中缓缓转醒，可还不等唐一刀询问，男人鼻涕和眼泪却如同泉涌似的流了出来，不住地打起了喷嚏。

韩守义看着一脸惊恐的唐一刀，摇了摇头，一边收拾工具，一边轻描淡写地对满脸鼻涕眼泪的男人说："您瞧，气脉通了，体内的毒火就都随着眼泪鼻涕流了出去。远了不敢说，这十天半个月，包您干活神清气爽，和媳妇夜夜洞房，哈哈哈……"

唐一刀浑身颤抖，呆立当场，几个徒弟此刻也没了动静，面面相觑愣在一旁。突然，人群中有个好事儿的，不等大伙儿反应，一把撩开韩守义面前人的衣服，露出后脊梁，只见从后背到两肩，或深或浅都印着红点，而这些红点不偏不倚，正正好好全都落在了穴位上。

"神了，奇了，天底下还有这样登峰造极的本事！"

顿时，广场上掌声、笑声、叫好声此起彼伏，而唐一刀眼前一黑，一步三晃，跌坐在那把只准客人坐不准剃头匠坐的椅子上，再也说不出话来。

从那天起，三角地里再没了唐一刀，取而代之的，便是那青龙占道得胜的传奇人物，韩守义。

而韩金剪子的故事，自此也没了下文。

我越想越好奇，追着不再言语的韩金剪子问："您姥爷可还健在，我想拜会一下他老人家。"

"早不在了。"他摇摇头。

"那个叫韩守义的呢，还在溪城吗？"

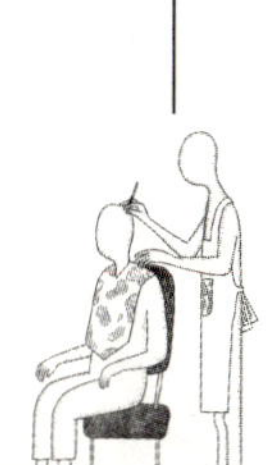

“啊，你说我爹啊，也没了，年前走的。”

我这才恍然大悟，韩金剪子原来正是韩守义的儿子，难怪如此了解这段往事。

“姥爷离开三角地以后，我爹遵守约定，一直拿剃头棚赚来的两分利，孝敬他老人家。最开始他不收，可架不住我爹实心实意地软磨硬泡，一来二去，两人竟成了莫逆之交。最终姥爷把女儿——也就是我妈，许给了他，算是彻底成了一家人。”韩金剪子笑着说。

听完故事，头发也已经剪完，我意犹未尽地回味着，胡乱洗了洗头。走出理发店很远，心里竟还是久久不能平静。回过头再看，韩金剪子搬了把椅子坐在店门口，静静地看着人来人往的街头，头顶的实木招牌“韩家理发店”和两侧木刻的对联都已经陈旧破损了，可此时夕阳掠过，那几块破损的木板竟如同纯金打造般，熠熠生辉。

我想，不管是唐一刀，还是韩守义，匠人的传奇总是说不尽道不完。可惜可叹的却是他们的手艺，最终在岁月长河里慢慢流逝，仅剩只言片语流传在坊间闲话中，再没有人能见得真容。

再看那副对联：

磨砺以须，问天下头颅几许；
及锋而试，看老夫手段如何。

要饭的江湖

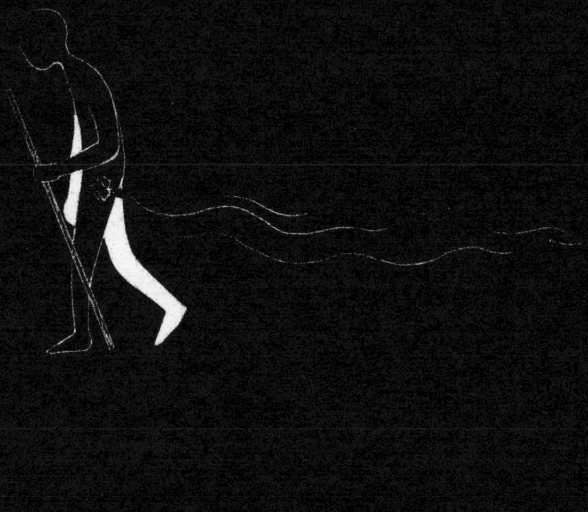

要饭的江湖

•
•
•

周山子来到东北的时候，只有十五岁。他和父亲周德姚走旱路闯关东，沿着渤海湾一路向北，足足走了八个月，才看见关外的白山黑水。

那时候，关内连年闹灾荒，很多饿昏头的汉子撇家舍业上山当了土匪。仅仅几年的工夫，山东境内民不聊生。周山子他娘和他妹就是在回娘家借粮食的路上被土匪害了的。乡亲们发现娘俩尸体的时候，除了二人腹部的刀伤以外，周山子他娘的右手已经血肉模糊，掰开手，里面是一把被血染红的小米。乡亲们都说，那手是饿急了的鸟，瞧见手指缝隙的吃食，一口一口啄的。

“山子，爹领你出关吧，村里的人都去了东北，事到如今，咱们也得走这一步。”安葬完娘俩，周德姚含着眼泪望着周山子说，“地里钻不出粮食，天上也掉不了粮食，就是有了点粮食，也被土匪掠了去。这年月，看不见个活路啊！”

“关外没有土匪吗？关外有粮食吗？”十四岁的周山子撇着嘴忍着泪水问他爹。

“关外有土匪，可关外的土匪不会为了那点粮食就害了人的命！这帮天杀的畜生！”周德姚压抑了许久的愤怒终于爆发出来，可由于长期饥饿，即便这几声咒骂，也显得绵软无力。

周德姚接着说：“那关外的土地，跟看不见边一样，黑压压一片，肥得直冒油。种子撒下去，庄稼不用打理，疯了似的往外长，砍下一截，又长出来一截。野鸡、傻狍子，满山都是，两拃来长的大鲤子，一舀子就舀上来两条，咱们一顿都吃不了。”谈到关外，周德姚早已干瘪的眼眶里放着光，好像眼前的周山子就是那条肥硕的鲤鱼，就是黑土地里疯长的庄稼。

周德姚从布满灰尘的箱子里，拿出一对竹板，晃动小臂试了试。由于常年没有使用，板子受了潮，声音已经不如先前响脆。

“好赖就是它了！把家里东西拾掇拾掇，都换成干粮，就算爹活不了，也得把你送到关外，我老周家再怎么也不能绝了门户。”周德姚早年间学过几年快书，他万万没想到，如今倒却派上用场了。

闯关东自古就有水、旱两条路。水路坐船到牛庄、安东或者旅顺口，上了岸继续往北走或者就地讨生活，被当地人称为“海南丢”。但是这会儿水路已经不通了，日本人和老毛子在海上扔炮弹，头年发的几条船，都被炸沉了。所以周德姚决定走旱路，出山东过直隶，一边说着快板书要饭，一边往山海关外走。周德姚告诉儿子，一会儿给你把头发剃干净，等啥时候这头发用手能拎起来，咱们就到东北了。

出了山东，河北也不太平。沿路上的人越来越多，大家走走停停，省着干粮昼出夜伏。周德姚每逢遇见了大批的人群，就拿着两片竹板，说些俗套的喜歌数来宝，使些哀怜口、讨人可怜，施舍点儿吃食。

打竹板，听我说，转眼来到了大清河，大清河，真不错，乡里乡亲好人多。

赏口水，掰块馍，仨瓜俩枣不嫌少，好心眼的，多福贵，千古美名后人说！

不过周德姚从不为难人，要得着就要，要不着拽着周山子继续跟着人流走。爷俩这一走，就是半年多。没等出河北，周山子和他爹就已经饿昏过去三五次了。最危险的一回，爷俩靠在道旁的一棵大树下歇脚，双双同时晕厥了过去。也多亏路过的老乡给润了几口水，塞了两块煎饼，二人才渐渐苏醒，要是再晚几个时辰，两人就再也站不起来了。

遗憾的是，周德姚终是没挺到东北，就饿死在关内。周山子抱着他爹的尸体无声地哭了许久，最后被好心的路人拉起来。

“孩儿啊，别哭了，也算是个小爷们了。刚才有老乡说了，再往前走两天，就进关了。东北的财主们特地在进关沿线设了粥厂，只要进了关就不至于饿死。”

老乡们帮忙挖了个坑，就草草地把周德姚埋在了路边。周山子抹了抹眼泪，像个小大人一样给父亲磕了三个响头，忍着饥饿跟着山东的老乡们接着往关外走。

关外并没有粥厂，那只是以讹传讹的望梅止渴。不过临近山海关，老百姓的日子总还是好了一些，沿途周山子每隔一天，总能讨到饭吃。好心的老乡看周山子可怜，偶尔还能闲出一间柴房给他过夜。毕竟眼看冬天就要来了，即便周山子裹着三层单衣，可依然觉得寒风刺骨。

“哎，小叫花子，打哪儿来的？”周山子抬起头，一个衣衫褴褛的老人斜挂着褡裢，蹲在路边喊他。

“咋？”他停下脚步回话。

“家里大人呢？”老人接着问他。

“死了呗，跟你有啥关系！”周山子有些不耐烦。这一路上，问这话的多了，回的自然也就烦了。

“啧啧，跟我横什么，小兔崽子，看你可怜才问你呢，不然你以为我乐意搭理你啊？”老人并没有生气，反倒有点喜欢这个倔孩子了。

周山子没理他，径直从他身边走过。他听老乡说，只要去了奉天，就有了活路，那里遍地都是钱。周山子想，他可以给地主们当长工，出把子力气，就再也不用要饭了。

“小要饭的，再往前走可就不好活了，别怪我没提醒你。”看周山子不再说话，老人直起身子正了正褡裢，不慌不忙地从里面掏出两块牛骨，一边跟着周山子一边唱。

“那个说一个小叫花，没有爹来没有妈，老汉好心当驴肝肺，再往前走就抓瞎。”

周山子回头瞪他，老汉完全不理会他，依旧自顾自地唱着：“这个小叫花，他不服气，老汉的好话当放屁，东北要饭也有规矩，莫把关外当直隶。”

周山子终于转过身来，恶狠狠地看着老汉说：“你咋这么招人厌烦，要饭有个屁的规矩，只要到了奉天，俺才不要饭呢。就你那一套，我也会说。”

“口气还不小，你说一段我听听，要是说得好，老汉给你指条明路，包你稳稳当当到奉天！”老头乐了，指着周

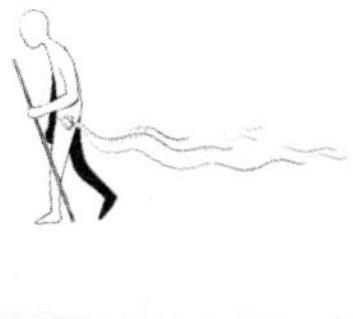

山子说道。

“好啊，你听着。”周山子掏出父亲留下的那副竹板，“小爷进关讨生活，遇上老汉乱嚼舌，老头就能充大个儿，难怪要饭没老婆。”说完捡起一块石头就丢向他，然后撒腿就跑，把一脸惊愕的老汉远远甩在身后，直至消失不见。

想到奉天，要先过溪城。溪城和东北绝大部分地方不一样，是辽东平原上唯一的一座山城。它四面环山，中间一条蜿蜒的河贯穿整个城市。溪城百姓大都不靠种地为生，一部分人靠山吃山，贩卖山货和皮子，剩下的尽数被官府招到山上，开采矿石。所以，虽然溪城不如奉天大，但是异常繁华。

周山子来到溪城的头几天，几乎顿顿都能讨个八成饱。这是在别处想都不敢想的事。他打听好了去往奉天的路，攒了几个玉米面饽饽。可刚要动身，就被一场突如其来的大雪封住了前行的路。他只好白天继续混在溪城的街面上，晚上就到破财神庙里和一众乞丐熬过长夜。

“哎，小孩，你拜的哪头啊？”躺在旁边的一个中年男人侧着身子，借着微弱的月光问周山子。

“啥意思？”周山子不解。

“傻孩子，溪城的穷家有座穷家楼，吃穷家饭的必须拜到堂口下面才能乞讨要饭。虽然丐头说，天下穷人是一家，路过的乞丐还是可以讨几天过路，可一旦过了时间，各个堂就要插手了。”男人用手杵了杵周山子接着说，“明儿个赶紧去南市场街头，那儿有个大车店，绕到后面就能见着丐头，不然你可要遭殃。”男人说完，还没等不谙世事的周山子细问，就鼾声大作睡了过去。

下了雪，路上的人就少了，敞着门的院子也少了。周山子敲了好几家院门，都没人应声。还没等周山子往下一户走，就听见身后有人招呼：“谁他妈让你在这儿要饭的？”

回过头，三个和他一般大的小叫花子在不远处，挑衅地看着周山子。

“谁也没让，咋了？”

“那就滚蛋，不让你要，还咋了，你说咋了？”为首的一个男孩抱着肩膀恶狠狠地说。

“就要了，又咋了！又没要你家，你管不着！”周山子不甘示弱。

“你再敲一家门试试，你看我削你不！”三人见周山子不服软，开始慢慢向他逼近。

“敲就敲。”话音刚落，周山子就奔向下一家的院门伸手敲门。

“揍他！”

没等周山子反应过来，三个人已经把他团团围住，其中一人抬腿就把他踹倒，四个人很快厮打到一起。周山子虽然横，但是论打架，根本不是他们的对手，没有两分钟，就抱着头任由拳脚往自己身上招呼。

“让你横，让你叫号，再看见你一次，胳膊给你掰折！”三个人打了半天，看周山子只是抱着头在地下不动，怕打死了人，就赶紧停手作罢，不过还是边跑边回头恐吓。

见他们跑远，周山子拍了拍身上的雪，缓缓地站了起来。他想起已故的父亲，想起自己这一路走来的艰辛，想起母亲和妹妹。他突然觉得，关外并没有想象的那样美好，不然的话，怎么连要个饭，都要受欺负呢！还是家里好，这里不好。

“那是小山子吗？”一声熟悉的叫喊把周山子从愤恨中唤醒。他抬起头，面前站着个男人，仔细一瞧，周山子的眼泪终于喷涌而出，压抑了很久的委屈再也憋不住了。

“德水叔，我让人欺负了，呜呜呜……”男人一把抱住周山子，看见孩子哭得伤心，他的眼睛也湿润了，只是不住地拍着周山子的后背，安慰道：“好孩子，不哭，咱们不哭，好孩子。”

周德水是周山子的远房叔叔，和他爹周德姚平辈，是村子里早一批闯关东的。爷俩哭够了，周德水这才打听。

“山子，咋自己一个人要饭，你爹你娘呢？”

“我娘和我妹，在家遇了土匪被害了，爹也饿死在关内了。”周山子一边抽泣，一边交代这一路从山东到关外的事情。

“叔，你怎么也到这个地方来了，你带我上奉天吧，人们都说那边有活儿干，有饭吃。”

“咱们村来的人，都继续往北找出路了。在关外虽说不至于饿死，可是也不那么容易站住脚。奉天根本不是咱们能待的地方，你去了就知道了，傻孩子。”周德水叹着气说着，他不知道，这一席话打破了周山子最后的梦想。

“那，叔你在溪城干啥营生？”

“不怕你笑话，叔跟你一样，也是乞讨为生啊。”周德水耷拉着脑袋，红着脸说。

周山子一下子不知说什么好，乡亲们都到别处了，周德水在溪城也是个要饭花子，自己想过的不要饭的日子，如今看来，自然也是万万过不成了。

“山子，不说这个，他们为啥打你？你惹人家了？”周德水伸手擦了擦周山子满是黑色雪水的脸，问道。

“不知道，他们就说不让我在这儿要。”

“孩儿啊，你准是没拜穷家楼啊！这东北和咱们那边不一样，哪行都有规矩、有派别。走，咱先回家暖和暖和，叔再给你说说这里面的道道。”

说是家，也不过是一间简陋的破瓦房。这是周德水的全部家当。铺上破被褥，周德水往炉子里加了两把柴火，两人钻进被窝，周德水这才把东北乞丐的规矩说给周山子听。

“这奉天一带的乞丐，无论大城小镇，都有个花头子，叫丐头，他往下就是各个堂口。像你这么要饭的，属于千家口，意思是进千家门、吃千家饭，不要钱只求顿饱饭。其他的，比如专门讨婚丧嫁娶的，叫喜事堂。每天在集上讨买卖的，因为和商人同吃一口饭，就顺了商贾祖师爷财神赵公明的名讳，叫赵家帮。此外，身上带病的，叫长生堂；连乞带赖连偷带抢的，叫硬茬口。要是女叫花子，都属于观音寨，这里面的说道可太多太多了。反正这么说，只要你想吃这口饭，就都得拜到当地的丐头下面，否则就吃不了这个穷家饭。”躺在炕上，周德水把这两年乞讨的所见所闻都讲给了周山子。

“叔，我不想要饭，我可以去做工，出苦大力不行吗？凭啥非得吃这口饭？”周山子说。

“叔也不想要饭，可是这给人干活也不是你说干就能干的，关内来了这些人，不找到接洽人，谁也不敢用咱啊。不是说咱们身上有坏病，就是说咱们是义和团余党，再不就怕官家清查违禁的难民。”周德水叹了口气接着说，“得了吧，明儿个，叔带你去拜穷家楼找丐头，不管怎么说，先过了这坎儿再说。以后咱爷们相依为命，你就听叔的，保准你不挨饿受冻。”

溪城的穷家楼不是楼，是一个大院套。周德水领着周山子绕过大车店，顺着弯弯曲曲的胡同走到最里面，就找到了穷家楼。院门大敞，但是周德水拦住了周山子，不让他直接进门。他说，大门四敞大开是说天下穷家是一家，但是咱们直接进去，就失了礼数，要自报家门，朝门里吆喝。

“山东青州府人士周德水携表侄周山子拜楼！”

“吃哪口儿的？”里面有人回声。

“吃硬茬口的，特来恳求老花头子给孩子口饭吃。”

话音刚落，靠院门的屋子里出来一位满头花白的老妇人，衣着体面，面容红润。妇人看了周德水一眼，又低头瞧了瞧站在他身后的周山子。

“这孩子真讨人稀罕，老东西刚吃了晌午饭，正在炕上眯瞪着。进屋了好好求求他，找个好堂口给孩子，三年五年攒下来，好歹也成家娶个媳妇。”

周德水连忙点头称是，领着周山子随着老人进了院子。到了房门口，老太太先推门进了屋。周德水又嘱咐道：“瞧见了丐头一定要规规矩矩的。问你话你得想好了再说，机灵点。万一给你安排到赵家帮里，那可比出苦力要强得多，除了缴上来的份子，赶上年景好自己也能剩下不少。”

“知道啦，叔，你放心吧。”周山子点点头。

门被打开，老妇人走出来示意爷俩进屋。掀开门帘子，还没等他们说话，盘腿坐在炕上的丐头先乐了。

“哈哈哈，小崽子，怎么样，咱们可又见着了吧！你

再编一套骂骂我，上我面前来骂我、打我，来来来，这回不许跑的，哈哈哈。”

其实周山子看见丐头，腿肚子当时就转筋了。丐头一说这事，他拔腿就想往外跑。可是刚回头，就被周德水一把抓住。

“怎么回事，山子？”

周山子觉得又可怕又好笑，他万万没想到，那个招人讨厌的老头就是溪城的丐头。

“没啥事，头些天在城外和老爷子逗了个闷子，闹着玩呢。”周山子灵机一动，立即想出了个过得去的说辞。

“你这个小畜生，给你多大胆子敢跟花头子逗闷子！”周德水气得大骂。

周山子低着头小声说道：“我也不知道他就是花头儿啊！”

“哈哈哈，好，逗闷子！你松开他，让他再给我逗一个。老婆子，你进屋来，这小崽子说我老要饭的讨不来媳妇，你让小爷们儿瞧瞧。”丐头来了兴致，招呼着老伴进屋。妇人赶忙进屋，在路过周山子身边的时候，用手指头点了点他的脑袋，也坐到炕头上。

“你这老东西，怎么和孩子还一般见识，越老越没出息了。孩儿啊，给你爷爷认个错，别害怕，没事。”老妇人边说边朝周山子挤眉弄眼。

“别介，单认错可不行。小子，怎么逗的闷子，怎么给我圆回来。不然，马上跟着你叔滚蛋！”不等周山子借着台阶赔不是，老丐头就堵住了屋里其他人的嘴。周德水这会儿，也没了主意，他听人说，老花头儿本姓范，原本是溪城老边沟的土匪，烧杀抢掠无恶不作。他和兄弟们被官府打散了以后，隐去姓名当了乞丐。虽然上了年纪，可狠劲儿依然还在，时至今日方圆百里的土匪，还是要给老花头儿面子的。所以虽然丐头还没有说怎么收拾周山子，周德水脑袋上的汗就已经渗出来了。

“你不是会编数来宝吗，你接着编。哎，老伴，把我牛骨板给他拿着，让他唱一个你也听听。”丐头指了指挂在墙上的褡裢，老伴愣了一下，似懂非懂地笑了笑，站起身把两块挂着铃铛的牛骨板拎了出来，清脆的铃声在不大的屋子里叮当作响。

“你这个比我爹的竹板沉啊，不过倒是挺好看。”周山子接过骨板说。

“废话，花头子用的东西能跟普通人一样吗？说这骨头，也是有讲究的，一公一母两头牛，左右各取，分量左轻右重，颜色左深右浅。而且牛杀了不能给旁人吃，只能分给咱们穷家人。这铃铛就更不简单了，左边七个右边六个，意思说这南七北六一十三省，哪一处都得给我饭吃。你赶紧还回去，别失了手掉地下，碰掉一个骨头渣，你都

担不起。”周德水赶忙解释。

“不要紧，就让他使。都别吱声了，我看看他怎么圆他这个闷子。”丐头摆摆手，然后盯着周山子，似笑非笑。

“哒哒哒，哒哒哒，哒哒哒哒哒哒哒。”

周山子一边敲一边回忆父亲在世时常用的贯口：“打竹板，不犯愁，转眼走进了穷家楼。穷家楼，真气派，有老太太有老头。”

丐头脸上泛起笑意，在衣兜里抓了点烟叶塞进烟袋锅，身子向后仰，惬意地靠在了墙上。

“哒哒哒，铃铃铃，骨板敲，铃铛响，您老不要放心上，那天我来到了溪城外，没大没小太鲁莽。老花头子，您担待，我满嘴喷粪没教养，打今儿往后有一次，让我饿死在乱坟岗。”

这一下屋里的人都乐了，丐头一口烟吸到嗓子眼，被周山子突如其来的起誓逗得咳嗽不止，笑得眼泪都流了下来。

“孩儿，你这一套数来宝跟谁学的？”老妇人问傻头傻脑立在屋子当间的周山子。

“跟我爹，他以前要饭的时候时不时就说一段半段的，时间长了，我就学来了。”周山子回答道。

“哈哈哈，我且问你，乐意要饭吗？”丐头直起身子收起笑容，郑重其事地问周山子。

“不乐意。”

“你这孩子，傻呀，这时候咋犯上倔劲儿了呢？”周德水气得作势要打。

“没事，孩子说得对，哪有人乐意要饭，有志气的人，都想当个大官，置办个买卖，要饭不是露脸的事。”丐头接着问，“既然不想要饭，为什么来拜我这穷家楼？”

“没饭吃，找不到活儿干。”周山子腰板子挺着脖子梗着，理直气壮。

“那要是单有这么一波人，不扬手讨饭，而是替祖师爷去要债，你可乐意？”老花头走到周山子面前，拿过那一副骨板，摇晃了几下铃铛问周山子。

“要债？欠咱们多少粮食？”

“哈哈哈，欠咱们一辈子的粮食！只要是孔子门生，就都欠着我们的。”花头子晃着脑袋洋洋得意。

周德水已经呆立在一旁说不出话来，他早就听闻这要饭花子里有那么一堂最为高贵，叫范家门。这一堂他在溪城从来没有遇见过，不过老乞丐们都说，一旦范家人来了，要完了会在这家人的门前贴上一张纸条，上面写有此人名号，证明当地丐头来确认过了。这户人家，其他的乞丐要等来年丰收以后，才能再来乞讨。

“你可知道孔夫子？”放下骨板，花头子问周山子。

“知道，俺们山东谁不知道孔老夫子，那是数一数二的圣人。俺们村还有孔子庙嘞。”听见孔夫子，周山子来了精神。

坐在炕沿上的老妇人从上到下又打量了一遍周山子，她打从心眼里喜欢这孩子，于是冲着周德水说："孩子他叔啊，这范家门和你们那些堂口不一样，必须拜师父，而且要改了原本的姓氏，从了祖师爷的范姓，你们可愿意？"

"咋不愿意，愿意，这年头能有口饭吃就已经不错了，更何况这孩子有这么大的福分。虽然是咱们老周家生的，但是往后得靠这范家来养活，我这个当叔叔的就能做这个主。山子，赶紧给花头子磕头！"周德水含着眼泪毫不迟疑地说，"赶紧磕头啊，你这傻孩子！"

周山子赶忙跪下，冲着花头子作势要磕。

"先别磕，张嘴跟着我念，三个头磕在地上，从此就是范家门生，要谨遵祖师爷教诲！"花头子坐到老伴搬来的椅子上，郑重其事地说。

"谨遵祖师爷教诲！"周山子大声喊道。

天有德，降甘霖润大地！
地有德，生万物养众生！
人有德，行善举能施舍！
乞有德，走正路不欺师！

"站起来吧，我无儿无女，从今往后你就住到我家，我好好教一教你正经的数来宝，让各个堂口子都看一看我们老范家的新门生。”丐头扶起周山子，又看了看周德水，对老夫人说：“不管怎么说，人家把孩子交给咱们了，去拿点钱给人家大人，眼看进了腊月，都过个好年。”

周德水千恩万谢，领了钱，又嘱咐了周山子一番，才欣慰地离去。

大年初一，按照惯例，是丐头收份子的日子。各个堂主都穿戴整洁，先给丐头拜年道吉祥，再把一年的份子，交到丐头手里。这些钱丐头一半留着自己享用，另外一半要送到官府衙门，以保穷家人在溪城得以平平安安地要饭，不被官府驱赶和逮捕。

花头子收了钱，照例招呼几大堂口的头头去南市街尾的溪城万福楼吃酒席，不过今年他身后，还站着那个新收不久的徒弟周山子。周山子此时已经不像从前，干净的褂子外面罩着黑色的大棉袄，脚底下是师娘才给衲了千层底的鞋，谁看都瞧着机灵，都觉得喜欢。周山子跟着几位叔叔大爷，一路说说笑笑，几人就走进了南市街。

“哎，我说小山子，跟你师父也有一段时间了，今天给叔叔大爷露一手，看看你这牛骨数来宝学得到底怎么样，大家说对不对？”赵家帮的帮主起哄，存心想逗逗周山子。

“就是，万一小山子要来个三五钱，一会儿就给叔叔们加一壶酒一盘小菜，也算孝敬你师父的，你说呢，小山子？”旁边千家口的麻子张也跟着应和。

“穿戴这么整齐，像个富家公子一样，谁能给他钱？”

“那就看能耐了，穿戴整齐怎么了？这数来宝你要说到人家心窝子里去，到了谁家也都得赏。”周山子一挺胸，摇晃着小脑袋说。

丐头见周山子胸有成竹，也来了个激将法，想看看这徒弟是不是真行，说：“哈哈哈，山子，这样，从这儿开始到酒楼，每走一家店面你都给掌柜的唱一段，人家赏钱就拿着，人家要是不赏，权当给人家拜年了，你敢是不敢？”

“有啥不敢！”

周山子立马从怀里掏出父亲留下的那一对竹板，三两步跑到了众人前面，打着板，冲着街边的药铺就走了过去。溪城的年里不吃药，这是关外特有的规矩。此时药铺掌柜正在屋里收拾东西准备关张回家，看见周山子打着响器过来，好奇地走到了门口，饶有兴致地瞧着他唱。

当的铃铛铃叮当，打竹板，别着忙，眼下来到了大药房。

年三十不卖药，掌柜成了甩手的自在王。

这个药王爷，本姓孙，骑龙跨虎手捻着针。

内科的先生孙思邈，外科的先生华佗高。

这个孙思邈，他三十二岁入堂朝。

正宫国母得了病，飞针走线把脉号。

万岁一见龙心喜，钦点他为官在当朝。

封他文官他不要，封他个武将把头摇。

万般出了无计奈，亲身赐件大黄袍。
这下恕恼哪一个？恕恼了敬德老英豪！
尉迟恭把钢鞭拿在了手，手提着钢鞭赶黄袍。
药王爷妙法实在高，脱去了黄袍换红袍。
黄袍供在药王阁，黎民百姓才把香烧。
典故也不知对不对，掌柜赏钱才叫高。

“哈哈哈，对对对，你这小伙子知道得还不少，拿着！”说着，丢给了周山子一枚铜钱。

“谢掌柜的，给您拜个早年！您过年好嘞！”周山子压住竹板，朝着掌柜的鞠了个躬。不远处跟着的众人欣喜若狂，纷纷表示这老花头收了个机灵徒弟。

当的铃铛铃叮当，竹板打，您留步，眼前来到了裁缝铺。
裁缝铺可不一般，那人靠衣装马靠鞍。
掌柜手里翻花样，做出的华服美名传。
小伙子穿了您做的褂，是风流倜傥赛潘安。
小媳妇穿上您做的衣，粗布变成了绸和缎。

周山子唱着走着，花头子听着笑着。不一会儿，街面上掌柜的、伙计都走到门口看热闹，置办年货的人们，也纷纷驻足观望，时不时地给周山子大声叫好。还没到酒楼，周山子就被看热闹的人围了起来缓缓向前移动。他一会儿说铁匠铺，一会儿说首饰楼，路过的每一家店铺在他的嘴里都成了这世间难得的好买卖。正赶上年三十，买卖人都图个吉利，几乎每到一处，掌柜的都会喜笑颜开地给周山子丢来一两个铜钱。

眼看人越来越多，周山子不再向前走，一边打着板四面鞠躬，一边嘴里唱着数来宝。

打竹板，进街来，一街两巷好买卖。
他是也有买，也有卖，也有那幌子与招牌。
幌子好比龙戏水，栏的柜子就像那个紫金台。
算盘子一打摇钱树，我拜各位掌柜的大发财！

“哎，小伙子，你是干吗的，打哪儿来的呀？”一位财主打扮的中年男人好奇问道。

大掌柜您听其详，打周朝列国就有我们这行。
孔夫子无食困陈蔡，找来了范丹老祖把粮帮。
借给你们吃，借给你们穿，借来了米山和面山。
可是直到了今天没还完。
无论你僧无论你道，
无论是回汉和两教。
小爷我师从范家门，
孔圣人门徒我都要！我都要！

“好！说得好，这生意人买卖人，谁家没有几个读书的孩子，谁家没有几个账房先生，看来这位小兄弟要得对。我说老几位，还没掏钱的赶紧吧！别毁了孔老夫子的名誉，让孩子说咱们担不起这圣人门生的名号呀！”不知谁在人群里吆喝了一嗓子，四周看热闹的人纷纷走上前来把铜钱递给周山子。

周山子此时有些慌神，四下去找师父的身影。最后终于在人群里看见了老花头，他们几个人正笑意盈盈地看着周山子，不住地点着头。

那一天，周山子用要来的钱把酒席的账结了，又单做了几样菜带了回去孝敬师娘，剩下的钱全数送给了周德水。第二天一早，南市街所有店铺的门口都贴上了一张青色的纸条，上面只有三个字：范山东。

人们都不知所以，互相打听询问，有人说是官府告示，有人说是法师作法。直到后来，细心的人才发觉，自从那天以后，南市街的街面上，再也没见过乞丐。

酿酒的江湖

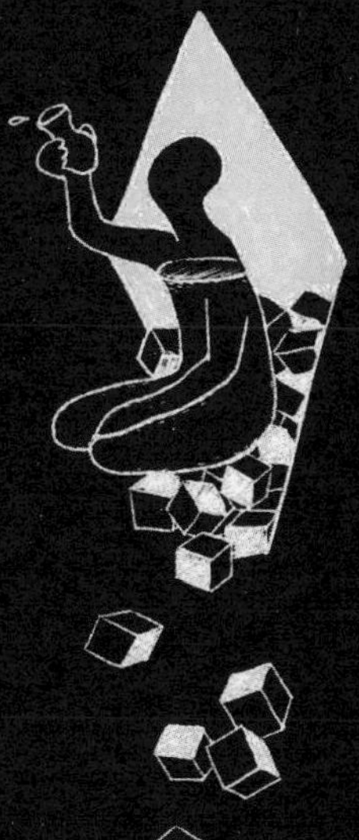

酿酒的江湖

•
•
•

一

张家堡，在溪城的最西边，背山望水，和阳城隔河相望。从城里到这儿，仅有一条崎岖的小路，路的左侧是怪石嶙峋的山峰，右侧是蜿蜒曲折的溪河。与其说是路，不如说是山体被河水侵蚀多年的凹槽，人们走在凹槽里，头顶着凸起的山石，如同一条浑然天成的隧道，给过往的行人遮风避雨。据说很久以前那条路还不时被涨水的溪河淹没，但是日本人占了溪城以后，在溪河的中游建了钢厂，溪河水位就连年下降，再也没有一滴河水打在路上，反而留下大片适合耕种的河床。政府无暇顾及此处，索性睁一只眼闭一只眼，都留给张家堡耕种，也不作记数。

除此之外，想来往张家堡，没有别的路。所以，溪城老百姓都流传着这样一句话：张家堡子一条路，气死半城酿酒铺。

是了，张家村是溪城头一号酿酒的村子，家家户户种的粮食，除了平常吃食，全都用来酿酒。大大小小的酒坊布满了整个村子，小米酒、大米酒、高粱酒、杂粮酒、白酒、黄酒，只要你能想到，这里应有尽有。虽然种类繁多，但无论哪一种，都比其他地方的酒要贵上一倍有余。张家人常对买酒嫌贵的人说，你不糊弄我，我不糊弄你。怎么个不糊弄法呢？我用顶好的粮食，您呢，就只能钱上找了。觉着贵，往后捎一捎，张家堡的酒啊，几十年来就没愁卖过！

这话一点儿不假，张家人进城卖酒，只挑每月初五和十五，即使逢年过节也绝不多卖一天，无论刮风下雨也绝不会少卖一天。酒桶里面的斤数，也是固定的一百八十斤，一人至多可买五斤，不卖完，张家人不走；谁家要婚丧嫁娶办个事情，想多要，也不会多给一两。老百姓和张家人秉承着这个约定俗成的规矩，有买有卖，延续了很多年。只要街面上张家人的叫卖声吆喝起来，酒鬼们不管当时在干什么，一准儿撂下手里的事，拎着酒壶前来打酒。

张群山被母亲叫醒的时候，天还没有大亮。今天是他第一次进城卖酒，困倦中也不免有些兴奋。

“快起来，吃口饭赶紧跟着你小海哥进城。”张母一边在灶台准备早饭，一边招呼张群山起床。

“这也太早了吧？才几点啊！”张群山嘟嘟囔囔地穿上衣服。当他揉着惺忪的睡眼望向窗外时，发现父亲也已经起了床，正在院子里和海子哥装车抬酒。酒桶整整齐齐地码在澄明瓦亮的带车上，父亲按按轮胎，踩踩脚蹬子，又围着车子走了两圈，便和海子哥在一旁闲聊起来。

张母端着一碗面条走进屋，看张群山还在炕头傻坐着，呵斥说：“望什么天儿啊，撒愣儿地去洗脸，再迟一会儿，晚上你就得摸黑回来。”张群山这才不情愿地站起身，接过面条放在桌子上，走出屋子到院子里洗脸。

“儿子，头一天走酒，早点儿，等以后熟套了，就不用这么早了。”张文才叼着烟卷说，“你看你海子哥，不到半年，不也轻车熟路的？有时候不到晌午，就卖完回来了。”

张群海点头说：“是啊，只要咱们张家的车一到，嗓子一开，街坊们跟不要钱似的，紧着往前凑。你就记住，别着急，一份一份打就是了，别算差了钱，慢一点儿不打紧的。”

“嗯，嗯。”张群山用水拍着脸，含糊地应承着。

东边天刚刚泛起光亮，由蓝转青，又掺着点鱼肚白。公鸡的早鸣声恰如其分，此起彼伏地叫了开来。早起的人打开屋子里的灯，推开自家院门，家畜被关了一夜，疯了似的往外钻，三五成群到河边觅食。相邻的院子，隔着院墙谁也瞧不见谁，可还是互相吆喝着聊天。说昨夜的饭菜和婆娘，说今早的天气和行程。一头没了声响，另一头也不追问，气定神闲地低头洗漱，生火做饭，开始一天的生计。

张群山骑着崭新的带车跟在张群海的车子后，奋力向外蹬。叔伯们看见两人经过院子，免不了斗两句嘴："群山啊，会骑吗，别蹬苞米地里去了。"

"放心吧，三叔，我不能干你年轻时候那事。"

"臭小子，敢跟你三叔逗闷子了！是不是！你看我不告诉你爹！"车子没停，反倒加快了速度向前冲。

"哈哈哈，你先招咱们孩子的，为老不尊的！群山啊，你慢点儿骑。"三婶子关切的声音从身后传来，张群山和张群海已经在百米开外。

快要出堡子的时候，张群海放慢了车速："群山，一会儿酒婆子尝酒，不管她说什么，你也别搭茬，好听难听咱们不往心里去就得了。那个老婆子嘴损得很，每次我和你爹都被她损得不轻。"

张群山点点头答应着："知道了。"

虽然老酒婆子平常已经不太出门了，不过张群山头些年送父亲出堡子，还是见过她几次的，那个瘪嘴老太太，头发稀疏雪白，满脸皱纹，松弛的眼皮包着浑浊的眼睛，走起路来颤颤巍巍。每月初五和十五，她总是站在出堡子的必经之路目送各家出酒卖货。她经常会喊停一车酒，拧开人家的酒缸闻一闻，再伸出一只长满老茧的手蘸一蘸，送到嘴里咂摸，如若点头，车子继续往前走，但要是摇头，这一车酒就得哪儿来的回哪儿去，换了新酒再来找老酒婆子尝。张群山问他爹：“爹，这啥意思？”张文才咧了咧嘴，摇了摇头说：“啥意思，不是正经玩意儿。”

今天也不例外，虽然天色还早，可离老远张群山就瞧见酒婆子拄着拐棍站在堡子门口，等着各家各户出酒卖货。来到近前，张群海把车停住，对酒婆子说：“九奶奶，这是群山，第一天替文才叔出货。群山，快给奶奶舀酒。”

张群山本来并不在意，可是让张群海那么一说，心里不由得有些犯怵，慌慌张张地跳下车，拿出舀子给酒婆子舀酒：“九奶奶，您尝尝。”

酒婆子没有伸手接过舀子，只是身子往前倾了倾，看了眼舀子里的酒，又提鼻子闻了闻，最后低下头抿了一小口，便摆了摆手示意张群山把酒倒回去：“你家这酒都白瞎那粮食，一点劲儿没有，好老娘们都不稀地喝，走吧走吧。”

张群山发现，从头至尾，酒婆子都没有正眼瞧过自己一眼，言语中尽是些嘲讽和厌恶，这让他感到愤怒，可是他不知道如何反驳，只好拿着酒舀子低头咬着牙站在原地一动不动。

酒婆子尝过张群海的酒，微微点头没有再说话，一扬手示意二人可以出货，回头恰好看见张群山愤愤不平地杵在那里，冷着脸低头看着酒。

“呦，年纪不大，气性不小。在这儿闷头生气，是冲我呢？”酒婆子并不在意，反倒有些挑衅似的问。

张群海也看出他有些异样，赶紧过来打圆场：“哪啊，九奶奶，他愣，您甭搭理他。群山，赶紧上车走，一会儿不赶趟了。”

张群山自嘲似的点了点头，面无表情地回到车上，继续跟着张群海往堡子外走。

二

张群山和张群海卖酒的地方，是溪城最东边，离堡子最远。

“张家白酒，土法酿造，纯粮原浆，绝不缠头！”张群山把车停在巷子里，尝试着按父亲教的话喊了一声。

“哈哈哈，群山，我站你这么近，勉强听见俩字，你让买主上哪儿听去！”张群海听见了如同蚊子一般的叫卖，笑得前仰后合。

“这声儿还小啊？我听着挺大啊。”

“既然出来吆喝，就别不好意思。咱们不偷不抢，靠正经的东西挣钱，底气足。你听我这个。我喊一声，你喊一声。”张群海从车座上跳下来，清了清嗓子。张群山也学着他，咳嗽了一声。

“张家白酒！群山，该你了，跟着喊。”

“张家白酒！”张群山涨红了脸，稍微提高了些声音，可还是不够响亮。

“大点儿声！土法酿造，纯粮原浆！”张群海站在旁边一个劲地给他鼓劲提醒。

“纯粮原浆，绝不缠头！”

喊完了一遍，张群山就盯着四面的胡同，并没有人出来打酒。他不由得慌了神，疑惑地看着张群海：“人呢？你不说，只要咱们车子一停，嗓子一开，买酒的就都冲出来找咱们了吗？”

“是啊，你不信啊？”张群海反倒不着急，说道，“不信咱们打个赌，你使劲喊三遍，比刚才那个嗓门再高一个调门，你试试。要是还不出来人，剩下的我帮你卖了，你就在旁边瞅着就行。”

“真的？”

“那还有假，说话算话。”张群海笑着说。

“张家白酒，土法酿造，纯粮原浆，绝不缠头！张家白酒，土法酿造，纯粮原浆，绝不缠头！”张群山连着喊了两遍。

“再大点声！不知道的以为你是那些打着咱家旗号骗人的呢。”

“张家白酒，土法酿造，纯粮原浆，绝不缠头！”最后这一嗓门，张群山使上了吃奶的力气，脖子上的青筋突起，叫卖声从周围的房前传进屋后，不一会儿又从胡同中转了回来。张群海连声叫好，招呼着张群山把酒罐拧开，再解开车把手绑着的漏斗：“得嘞，等着瞧吧。”

正当张群山张嘴想问，几个路口开始陆续钻出人来，一边小跑，一边嘴里念叨：“这嗓门子！吓我一激灵！我就合计着，张家小伙子应该来了。三哥啊，你也喝没了？”

“两天了，断了顿了，就剩点底子应付着。”一个老人颤颤巍巍地拎着酒桶，支棱着膀子说。

“那还不错，有点儿底子，我这好菜都没有好酒伴着了。小子，赶紧给大爷打壶酒。”几个男人拎着自家的酒壶七嘴八舌地说着话，张群山呆立在车子前，一会儿看看酒，一会儿摸摸兜，手足无措地不知如何是好。

“怎么样？”张群海熟练地走到近前，满脸得意地招呼张群山，“别傻站着了，过来打酒！”

三

晚上回来的时候，两人的酒桶空空如也，车子骑出了城，在乡间的路上跑得飞快。张群山一边追赶前面的张群海，一边问：“海子哥，我看村里其他人卖酒都没跑这么远，为啥咱俩就得上最东头卖啊？这骑车骑得我腿都麻了。”

张群海头也不回，顶着风大声地喊：“怪咱们两家手艺不精，想选这近地方啊，得真拿出好酒。让老酒婆子叫了好点了头，那溪城这块地方，你想上哪儿卖就上哪儿卖，都依着你挑。”

“凭啥她说了算！咱们乐意上哪儿卖上哪儿卖，管得着么？”张群山不服。

“这是规矩，咱们张家祖祖辈辈都靠酿酒为生，人口多了，家家总因为这事闹，都是亲戚里道的。老人们说，得有个拿主意的，就选了酿酒手艺最好的老酒婆子来管，在哪儿卖，卖多少，都是她说了算。”张群海蹬着车子，“你爹没告诉你啊？”

张群山迎着风断断续续地听完了张群海的话，不再作声。车子驶进小路，速度方才降了下来。两个人顺着车辙印，缓慢地骑着带车。天色暗了下来，月亮在溪河上挂着倒影，远处的钢厂冒着几条浓浓的黑烟直抵云霄，周围安静得只剩下车轮轧在石子上咯咯哒哒的声响。张群山庆幸还有海子哥结伴而行，不然自己孤身一人，不免会有些害怕。

堡子路口，张文才早就守候了许久，瞧见儿子回来，离老远就吆喝着："兔崽子，你俩可回来了，赶紧回家吃饭。"

带车不停，接着往前走，张文才一步跳上了张群山的车板，说道："群海，我跟你爹说过了，晚上在我这儿吃了再回去，咱们爷们三个喝点儿酒。怎么样，群山没给你添麻烦吧？"

"没有，群山这一嗓门，给老头都吓得一哆嗦。"

"是吗？我儿子不怯声，这就不容易。下回咱小点儿声，别给老头吓出毛病，讹上你，哈哈哈哈。"一路上，张群海把两人白天卖酒的经过给张文才讲了个细致，说到他手哆嗦洒了酒一处，张群山赶忙解释："哪啊，别听他胡扯，没洒那么多！"

"哈哈哈，臭小子还嘴硬。赶紧进屋上炕吃饭，酒我都烫好了。"车子停好，张文才招呼两个孩子进屋吃饭。

饭桌上，张群山有些心不在焉。张文才见儿子有些异样，便问道："怎么了，群山？"

张群山欲言又止，摇了摇头，闷头又去夹菜喝酒。母亲在一旁看得真切，趁着张文才和张群海高声说笑的间隙，凑到儿子身边："儿子，咋不高兴了？是不是觉着卖酒掉价，臊眉耷眼的？"

张群山小声回答："没有没有，我就是觉得咱家酒挺好的，咋就不能分到好地方，非得跑那么远。这时候倒还行，要是到了冬天，天就短了，道儿这么远，啥时候能回来！"

"我当是什么事呢，"虽然声音不大，但张文才还是听见儿子的抱怨，"你这才一天，就挑肥拣瘦了？"

张群山见父亲插话，只好把憋在肚子里的疑问提了出来："是啊，爹，酒婆子家的酒就比咱们的强多少吗？"

没等张文才说话，张群海就把话捡了起来："群山，这可不是我长别人志气灭自己威风，咱们两家酿的酒跟人家的一比，那就是水了。你是没喝过，赶明儿我给你接一壶你尝尝。"

张文才努着嘴，服气地点了点头。确实，整个堡子酿酒的人，没有一人不佩服酒婆子的酿酒手艺。他没有直接回答儿子的问题，而是语重心长地给他讲了一个故事。

早年间，溪城闹土匪，从东边的山到西边的林子，到处都是胡子。一天晌午，一伙土匪忽然摸到咱们堡子来了，领头的脸上有条疤，外号疤瘌周。进了堡子，不杀人不抢钱，明明白白地告诉村里人，多了不要，一家交出十斤酒，一个月一交，自己套车往东山送，少一次，绝一户，少两次，绝一村。按理来说，人家要的不多，咱们就是酿酒的，家家户户拿出个百八十斤酒，也不费什么事，但是偏赶上那两年收成不好，连吃带卖，有的人家为了生活，把酒窖里的存酒都拿出去卖了，一两个月倒还能应付，可是时间一长，供应不上，整个堡子都别想好。

这时候，酒婆子把大家召集到一块儿，对了，那会儿酒婆子还年轻，家中行九，堡子里人都叫她九姑娘。九姑娘说，她有个主意，只要大家把富余粮食都交给她来酿酒，用不上两月，疤瘌周肯定不会再来要咱们堡子的酒。众人都不相信，但是看九姑娘这么有把握，也就死马当活马医，谁酿都是酿，权当赌上一把。

眼看到了约定的日子，九姑娘的酒终于酿够了斤数，挨家挨户地敲门，叫人帮忙套车送酒。家人怕她被土匪糟践了，不想叫她出这个头，可她不顾家人反对，偏要牵着骡子车走在运送白酒的最前头。到了东山脚下，九姑娘吆喝着大家卸酒，待酒桶整整齐齐码在山下的林子里，便孤身一人前去交货。半晌以后，九姑娘带着几十个土匪从寨子里走出来，搬酒走人，没有为难乡亲们，除了提醒下次交酒的日子，也没有多言语。回到堡子，大家都说是捡回一条命，可是下个月疤瘌周还来不来，这是他们更加关心的事情。

接下来的一个月，大家是战战兢兢地度过的。有人问九姑娘，下个月的酒准备好了吗？九姑娘总是微笑不语，任凭别人怎么催促，都不见她家院子里有人劳作酿酒。日子不抗过，转眼又到了日子，乡亲们堵在九姑娘家门口，要她赶紧出酒，但是屋里始终没人作声。人们有些慌了，仿佛交不上酒，土匪明天就五马长枪地杀进堡子，绝了谁家的门户，正准备一齐踹开院门，冲进屋里。还没等进院，九姑娘从堡子外头疯跑了回来，边跑边喊，乡亲们，不用交酒了，疤瘌周被人连窝端了！乡亲们，不用交酒了，东山上的土匪都死绝了！

人们不信，就三五成群地偷偷摸上山，才发现，九姑娘说的一点儿不假，疤瘌周的寨子被烧个干净，山上到处都是土匪的尸体。大家问九姑娘，究竟是怎么回事。九姑娘摇晃着脑袋说，两伙土匪，一头喝醉了酒，另一头得着信了，会咋样？

“啊，你给别的土匪头子送信了？”

九姑娘点了点头，说：“咱家的闷倒驴，别说他疤瘌周，就是给驴喝了，它也得老实地趴下！要不怎么叫闷倒驴！早就听说老边沟的胡子和他们不对付，我就带着酒，跑去给老边沟范大当家的送信了。”

乡亲们还是不信，说：“你那酒咋那么厉害，说醉人就醉人啊。”

九姑娘歪着脖子说：“不信啊，不信后院还有一缸，你们舀出来喝一碗试试。哼！多余的粮食，我可不还了。”说完，九姑娘一转身，回屋了。

张文才的故事说完了，张群山却仍有些不明白，问道："爹，那酒真那么大劲儿么？"

"你爷爷当年喝了一碗，还没等从酒婆子家走回来，路上就摔了仨跟头！你说劲儿大不大？"张文才说。

"难道说劲儿大，能醉人就是好酒吗？"张群山接着问。

"现在生活好了，当然就不是了，以前老百姓穷，喝酒就为了喝多了睡觉解乏，像咱家这样的酒，虽然劲儿小不上头，但是不上劲儿，酒不就白喝了吗？"张文才解释道。

张群海在一旁点点头："群山，反正酒婆子说，一样的度数，谁家酒劲头足，就许谁家在好地方卖酒，地方给你了，至于你卖什么酒，就是你说了算了。但是要想在什么东市场、三角地这些好地方卖，首先，得有这个能耐。而且她以前为人和善，谁家有困难她都当自家事去办，是顶好的一个人，大家这才都服她。直到有一年冬天，她从堡子外头挺着个大肚子回来以后，受了刺激，一辈子没嫁人，就越老越邪性了，嘴越来越冷了。听哥的，你别跟她置气。"

四

接下来的几个月，张群山除了到日子出酒卖货，其余的时间全都在家跟张文才学习酿酒，一门心思地想酿出酒婆子眼中的好酒，好给自己换个好地界。所以他决定从头开始学，怎么选粮食，怎么做酒曲，然后怎么冷却加热，最终怎么封窖保存。他慢慢发现，这酿酒无非就是两步，一个是糖化，一个是发酵，几乎整个堡子都没什么区别，要说各家出的酒有个高低贵贱，大部分都在酒曲这一块，而养酒曲，却是各家的密门，绝对不会叫他学去，张群山不由得有些泄气。

“怎么弄都是一个味，海子哥，你说这可咋整，堡子里都开始积酸菜了，眼看天就凉了，这一冬天的罪，咱哥俩可怎么遭啊！”憋得实在没辙，他只好和张群海发牢骚。

张群海倒是不以为意，他早已习惯了从堡子到东头这条路，安慰他说：“群山啊，没那么吓人，这几年我不也过来了吗？带车上生个地炉子，走到哪儿冷了，烘一烘手脚，顶大天就七八趟，这天说暖和也快。”

“不行，我得去找酒婆子，”张群山一咬牙，“我要跟她讲究讲究去。”说完，丢下张群海一人就奔着老酒婆子家中走去。

不等张群山走到酒婆子家，张文才的喝骂声就从身后传了过来：“小瘪犊子，你要干啥？”

张群山被吓得一愣，赶忙停住脚步，离老远就看见张文才连跑带颠奔自己来，脸上怒气冲冲，仿佛要一口把自己吃了。

“怎么了，爹？”

“怎么了？你找人家干啥！自己能耐不济，说破大天就给你换了地方了么？”

张群山知道是海子哥给家里通风报信了，心里有些没底，不过还是硬着嘴说：“她那个就不对，怎么还不让人说话了啊！”

“少他妈放屁，就你对！赶紧跟我回去，别去给我丢人现眼！酒婆子对不对，还轮不到你这个小崽子说道！”张文才扯着他就往回拽。

“我不回去，好地方得轮班来，不能让那几家一直霸着！要不我就不送了，你乐意去你去！”

张群山赌气地说，可他万没想到父亲顺势就招呼他一巴掌，直打得他头晕目眩，眼眶发酸。他来不及反应，张文才的手像钳子一样，薅着他的领子就把他带回了家。一路上，张群山又是恼怒又是委屈，但奇怪的是，这种恼怒并不冲着自己爹去，反而转嫁到老酒婆子身上。他一边踉跄地跟着父亲走，一边忍着眼泪，紧咬着后槽牙在心里对自己说：老酒婆子，我非得叫你服，非得叫你家的酒，也往溪城最东头去卖！

五

数九隆冬，天仿佛漏了一样，没完没了地飘着清雪。人们穿着厚重的皮袄，却仍旧感到阵阵寒风像冰溜子一样坚硬刺骨，每喘一口气，只觉得五脏六腑都渗着冰雪，阵痛难挨。

张群山终究还是舍不得年迈的父亲顶着风雪出去卖酒。每到日子，也不等母亲喊，早早地就把白酒装车放好，吃完热腾腾的早饭，揣几枚煮熟的鸡蛋，就推车出堡子。

“张家白酒，土法酿造，纯粮原浆，绝不缠头！”在熟悉的地方停下车，张群山一边搓着早已冻僵的手一边吆喝起来。

“爷们，进屋暖和暖和。”声音从身后传来，他回头看，发现挨着路口的侧面的平房里，开杂货铺的老头儿正从窗口探出脑袋喊他。

“没事，喊一喊就不冷了，大爷你快把窗户拉上，就这点热乎气，别再散个干净。”张群山认得老板，也是自己的老主顾。

老人拉上窗户，不一会儿大门打开，哆哆嗦嗦地跑出来，硬生生把张群山拉进屋。

“车子停那儿都能看见，一会儿左邻右舍瞧见车子，就直接过来找你了，这一左一右的我都熟悉，没事，丢不了。”老黄头让张群山坐下，走到炉子前添了几块煤。

“谢谢大爷，那我就在这里缓一会儿，堡子出来到这儿，骑车得骑俩点，现在这腿都是木的。”张群山双手放在嘴前，一个劲儿地哈气。

老人点头说：“可不咋的，今年冬天干冷干冷的，出去站一会儿冻得骨头缝都疼，何况你这成天在外头的了。”

张群山缓了好一会儿，才仔细地打量这家杂货店。屋子不大，只有几平方米。窗子下面一个玻璃柜，放着些常卖的物件。窗户对着的墙面是三层木头打造的货架，整齐地码着烟酒糖茶、针头线脑、孩子吃的零嘴、上学用的书本，他一时能想到家里用的，几乎应有尽有。货架的最里面，是一张单人床，想来男人每天就住在这里。外屋的炉灶和里面有一道房门隔着，狭小逼仄，只能堆放些杂物，因为再往前几步就到了他刚才走进的大门。

“哎，我去给您打壶酒，往常都是我给我爹打下手，这一批酒可是我自个儿酿的，您尝尝，给大侄儿提提意见。”不等老人客气拦着，张群山抄起放在货架下的空酒壶就蹿了出去。

“这小子，咋这么实在。”老人被张群山的举动弄得又气又乐，隔窗望着在门口忙活的张群山不住地点头称赞，“好小子，人性好！”

不一会儿，张群山拎着酒壶又回到屋里，递给老头。

老头拧开盖子低头一瞧，满满当当一壶酒，手一哆嗦直往外流：“孩儿啊，你这可实在大劲了，就在屋里坐会儿，老头也不能要你这些酒啊！等着，大爷给你拿钱。情我领了，钱得照付，要不我也得打。”

“不用，您尝尝，我酿的不比我爹酿的好。我爹早就嘱咐了，生手头一过酒，不能要人钱，得主顾们喝着好了，下一回再按斤算两。今天外面这些酒，都是准备给老主顾白喝的。”张群山笑着说。

老头忽然就笑了起来：“哈哈哈，还得说你们张家规矩！老酒婆子还活着呢？”

张群山一惊：“您认识酒婆子？”

老人没有立即搭话，张开嘴朝酒壶的壶口使劲往嘴里一吸溜，一小口白酒打着酒花进了老人的嘴里。他含在舌下向两边腮帮子使劲鼓了鼓，才一仰脖子把酒喝进肚子。

“嗨，那都好些年的事了，她现在怎么样，体格还行？”

“倒还活着，还不如死了算了！”一提酒婆子，张群山的气就不打一处来。

老人一愣，不过随即又乐了：“怎么着，那死老太太为难你了？”

“倒是没为难我，只是咱家这酒她偏说不好，只能去最远的地方卖。不然谁往这么老远跑。我要找她讲理，我爹还不让！大爷，您摸着良心说，我这酒味道怎么样？”

老头咂摸着嘴回味道：“挺好啊，曲腥味不大，柔软清香，水是好水，料也是好料。”

“就说的是，那个老太太非说什么，我家酒没劲儿。”张群山见老人夸奖，更觉得委屈了，“非得给人喝高了，才叫好酒吗？这不是胡说吗！”

老头仿佛早就知道缘由，似笑非笑地问张群山：“她真是这么说的？”

“那还有假！就东边这一块地，分给我们家都好几年了！也赖我不争气，在家捣鼓了半年，愣是没研究明白别家的曲是怎么养的。一样的度数，别人家的就有劲儿，咱家的就是没劲儿！”张群山接着说，“要是我有一天酿出那酒，我还不找别人，专门就和酒婆子她家换地，让她孙子也来遭遭罪。”

“你真是这么想的？”

“嗯。”张群山点头。

“这也不是啥难事，老头教你一招，回去照着这个法子酿，但是有一样，千万别说是在哪儿学的，记住了没有？”

张群山不敢相信，瞪圆了眼睛望着老人。只见他神态自若地说：“白酒的劲儿在前头，黄酒的劲儿在后头，白酒是蒸出来的，黄酒是发出来的。要想前后都上劲儿，你说说该怎么酿这个酒？”

“哎呀！我咋没想到！发一半、蒸一半，这不就得了。”张群山一拍脑门。

“对喽！双管并用，上下一齐，火候要小，管子要细。发三蒸七，骡马难骑；蒸三发七，醉倒十里！哈哈哈！”老头一口气，把这半蒸半发的酿酒法子教给了张群山。

“您神了！”张群山只觉得浑身燥热，站起身子就要下跪。

“别介，不用跪，你就记住答应我的事，要是酒婆子问你跟谁学的，你咋说？”老人问。

“自己研究的，绝对不提您一句！”张群山保证道。

六

正月初四，张群山一大早就喊来张文才商量：“爹，今晚我想请堡子里酿酒的叔叔大爷们都来家里尝尝我新酿的酒，您看能行不？”

“好啊！这算啥事，堡子里那些叔叔大爷都夸你呢！说小辈里，都在家里打下手，就数我儿子出息，能自己酿了，给你爹长了不少脸，一会儿让你妈喊上你婶，好好预备几桌饭菜，这点钱爹舍得花。你不张罗，我也合计着过了十五张罗张罗，没想到你小子想我前头了。”

“那我这就跟海子哥通知大家了啊。”张群山高兴地一蹦就从床上跳了下来。

“去吧，猪是新杀的，我去宰两只鸡。”张文才欣慰地笑着说，“你慢点儿，路滑别出溜摔了……”没等话说完，再看张群山，早已经跑出院子，朝张群海家跑去。

晚饭快要开席，张群山家中里屋外屋，摆满了桌子和凳子。张文才和媳妇把炕席烧得热热乎乎的，前后院的女人都在厨房忙活，炖小鸡，汆白肉，柴灶边上下三圈贴着黄澄澄的玉米面大饼。男人们陆续到来，在挂满火红灯笼的院子里互相点烟寒暄拜年，好不热闹，好不喜庆。

张群山此刻也满头大汗忙碌着，他把新酿的白酒一坛一坛地摆在每一张桌子的下面，随后静静地坐在角落一边擦汗，一边等着今晚的这顿酒席开宴。

“老酒婆子会不会来呢？”张群山白天特地跑到酒婆子家放下话，请酒婆子来尝尝新酒。他想，来与不来，这酒总算是成了。来了固然直接，立竿见影，摊牌挑明；不来也没关系，自己明天一早就抱着酒坛去找她，不怕她不认。

热菜出锅了，女人们挑开门帘，冲着聊得热火朝天的院子里吆喝：“上桌上桌，赶紧进屋吧，边吃边聊。”张文才堆着满脸的笑，紧忙拢着众人往屋里进。人们三三两两地走进屋子，各自选好了地方坐下，就只等东家从屋外进来，寒暄几句，便可开席。

门帘最后被掀开，可让人意想不到的是，进屋的却不是张文才，而是掌管着张家堡子这条酒路的当家人——老酒婆子。而张文才恭恭敬敬地扶着老太太，小心翼翼地和老太太说着什么。原本人声鼎沸的屋子里，瞬间安静下来，老的少的全都自发地站起身子，给老太太拜年，顺势在原本拥挤的屋里生生让开一条宽敞的过道。

“您怎么来了，老太太！一会儿叫文才把酒菜送到家去多好，这大冷天的！”人们关切地问道。

老酒婆子被张文才搀扶进屋坐到炕上，她才抿着干瘪的嘴，缓慢地看了看屋子里的人：“文才啊，张罗开席，都忙活一年了，我吃不了什么东西，就是来跟你们凑凑热闹。”

“得嘞，大家伙儿开席吧！群山，去给叔叔大爷倒酒。”张文才一声令下，在一旁早已跃跃欲试的张群山抱起酒坛，就挨着桌给众人倒酒。

“三大爷，您尝尝，看看这味道怎么样。”“四叔，给您满上一碗。”张群山最后走到老酒婆子跟前，带着狡黠的笑问：“九奶奶，您也尝尝，看看孙子这酒酿得好喝不好喝？”

“小混蛋，你九奶奶多大岁数了，不能喝酒。”张文才在一边轻声呵斥，“再者说了，你酿那玩意儿咋能让你九奶奶喝，去给你九奶奶倒杯茶。”

“小辈的酒，别样的味，你懂个什么。孩子，不听你爹的，给奶奶倒上。”老酒婆子一摆手，止住了还要阻拦的张文才。

“好嘞，九奶奶，我给您满上。”张群山瞅了瞅父亲，得意地笑着。

酒坛压低，酒水如同山泉倾泻，带着闪亮的酒花冲进碗中。酒婆子脸上的笑容不减，看着略显浑浊的酒液缓缓从碗底升起，直到酒碗边缘。

张群山退到一边，酒婆子颤颤巍巍地端起酒碗：“张家堡子后继有人，开席，喝酒！”

“开席喽！”众人齐声欢腾的声音从屋内冲出屋外，传出老远。

七

“不行了，不行了，今儿到量了，我得回去了。群山啊，你这酒可有点儿劲儿啊。”张群海的父亲喝了一碗，就告败了。

张群山坐在酒婆子身边，滴酒未沾：“三大爷，平常你可不是这个量。”

旁人跟着起哄：“对啊，你今儿可有点儿反常！昨晚忙活累了吧你！”

“哈哈，当爹的走，群海你得留下陪着咱们接着喝。”

张群海本想送父亲回家，叫人这么一说，只得作罢，又回到酒桌上，好在离家不远，嘱咐了父亲几句，才安心地坐下接着喝酒。

酒婆子年岁确实大了，身前的酒下了一口，再没碰过。看见有人退席，摇了摇头，拿起酒又抿了一口，忽然一皱眉头，想对张群山说什么，但是最终还是放下酒碗，没有说话。男人们还在你一口我一口地喝着，互相揭短哄笑，女人们都没有上桌，攥着瓜子和花生，靠在柴灶边说些女人家的悄悄话。

整个屋子，只有张群山和酒婆子这里最安静，也最清明。

“九奶奶，您觉着今天这酒，有劲儿没劲儿？”张群山侧着身子在酒婆子耳边问。

酒婆子脸上的表情有些凝重，不过还是勉强地笑着说：“该说不说，有点儿劲儿！孩儿啊，你比你爹强。”

“比那闷倒驴呢？”张群山收起了笑容，轻声地问。

“知道得还挺多。我那酒，你还比不了！好了，吃饭吃饭，坐一会儿，你给奶奶送回去。”酒婆子指了指他的儿子和孙子，“你看那俩货，顾不上我这老太太啦！你没喝酒，只好你费点儿事了。”

“不费事，这会儿人多，奶奶再坐一会儿，他们也就都该回去了。”张群山嘴角隐着冷笑。

果不其然，酒过三巡，菜过五味，酒量不好的，没喝下去两碗，就捂着嘴晃晃悠悠地回家去了，酒量好的，此刻也双眼迷离，满桌酒话醉话，一会儿敲桌子一会儿撞碗。张群山伴着老酒婆子眼看着离席的人越来越多，他原本悬着的心总算是放下了，因为此刻整个屋里，除了他俩，再没有清醒的人了。

“九奶奶，我送您回去？”

酒婆子看着满屋醉醺醺的男人们，忽然端起酒碗，一口把酒干了，原本浑浊的眼睛变得血红，她攥住张群山的手：“孩子，这酒是谁教你酿的？”

“我自己研究的啊，怎么了，九奶奶？”老头的话终于应验，酒婆子还真问了自己酿法的来源。

酒婆子狐疑地看了看张群山，手上的劲儿松了下来：“好啊，好啊，送奶奶回去吧。”

张群山点点头，慢慢地扶起酒婆子，向四周早已喝得昏天暗地的叔叔大爷言语一声，便和酒婆子一同走了出去。张群山的母亲不放心，又嘱咐：“慢点走，别摔了你九奶奶。”

“放心吧，娘！你看好屋里就得了！”

一路无话，到了酒婆子家门口，屋子里还亮着灯，儿媳和孙媳妇听见动静，披上棉袄跑出屋子来接，酒婆子撒开张群山的手，叫他回去。

“九奶奶，我觉着，俺们家卖酒的地方有点远啊。”

憋了一路，张群山终于开了腔。

“那就调换调换？”酒婆子问。

“得调换调换。”张群山说。

“你看上谁家的地界了，跟奶奶说。”

“别家瞧不上，就瞅着九奶奶您家那地方不错。”

一旁站着的酒婆子的儿媳妇有些恼了：“群山，你这是啥意思？轮到你说话了吗？明儿叫你爹来找你九奶奶说话！没大没小的！”

张群山也不急：“九奶奶，您当年给您的酒起了个名，叫闷倒驴。今儿我也给我这酒起个名，叫十里醉。今天晚了，明早出酒，我在堡子口等您，咱们再说，到时候您再决断。”

“十里醉，口气不小啊！行，我倒要看看你想咋的，回吧。”酒婆子转过身，一手搭着一人，缓缓走回屋子。

“回了，您老好好歇着。”

八

第二天一大早，张群山和张群海就骑着带车来到了堡子路口，等着酒婆子赴约。不一会儿，酒婆子的身影从晨雾中闪现出来，她一步三晃，踉踉跄跄，步伐却坚定有力，丝毫不肯停下休息片刻，直到走到张群山近前。

“九奶奶，您早。”张群山给酒婆子问好。

酒婆子也不言语，一屁股坐在带车前面，大口大口地喘气，好长一会儿，才平复下来：“小子，说吧，怎么就看上我家那块地方了？”

张群山哈哈大笑，说：“奶奶，没有说的，只有看的。”

酒婆子有些茫然，不知道张群山葫芦里卖的什么药。她站起身，朝四下望了望，并没有发现什么异常的东西，突然间，酒婆子想明白了什么，浑身哆嗦着朝最近的一户人家走去：“小六子，家里有人没？小六子？”

屋子里钻出个女人：“怎么了，九奶奶？”

“怎么不出酒走货，几点了？没见人忙活呢？”酒婆子有些疑惑地问。

“哎呀，别提了，这不昨天去文才叔家喝酒嘛，回来就一醉不醒，我早早就起来了，可是任凭我怎么叫，他都没个反应，只知道呼呼大睡。”女人略带埋怨地说。

酒婆子回头看了看坐在带车上得意扬扬的张群山，又奔向下一家，结果还是一样，一连走了一趟房，男人们不是在家睡觉，便是连晕带吐，趴在炕上起不来。

似乎除了张群山，整个堡子的男人，全都醉倒了，到了这个时辰，竟然一个出酒的人都没有。酒婆子觉得难以置信，不过又不得不相信。张群山骑着车子跟了上来说：“十里醉，醉十里，可比得上您的闷倒驴了吧？”

“孩儿啊，九奶奶求求你，你告诉奶奶，这酒是谁教给你酿的？他在哪儿？”

“没人教给我，您昨个儿不是问了吗？”张群山还是不肯说，“这会儿跟您换那地界，你可愿意点头答应了？”

酒婆子只觉得头晕目眩，一屁股坐在地上：“换了，换了。”

张群山不慌不忙地扶起酒婆子：“那您别忘了，等您孙子起来，叫他到我那地方去卖酒。大过年的，老主顾们可都等着咱们的酒呢，别坏了咱们张家堡子的规矩。”丢下呆立在一旁出神的酒婆子，张群山一抬腿跨上带车，哼着小曲便出了堡子。

那一天，张家堡子的酒直到中午才陆续走出去，虽然晚，但总还是没有坏了这多年的老规矩。位于溪城最东边的巷子里，一位老人终于听见了那声叫卖，但他惊喜地发现，声音变了，再探出头一瞧，一个二十多岁的小伙子精精神神地扶着酒桶吆喝：“张家白酒，土法酿造，纯粮原浆，绝不缠头！”

“哎，今儿怎么换人了，别是假的吧？”老人问。

小伙子一听便有些不快，一挺胸脯，仰着脸说：“之前亏了您的嘴了，这回可是张家堡子最好的白酒，打一壶尝尝，您听说过张家堡子酒婆子吗？那是我奶奶！”

“是吗，过来孩子，快叫我好好瞧瞧。”老人突然神色恍惚，眼泪在浑浊的眼睛里直打转。

“别光瞧啊，您尝尝。”小伙子却并没有察觉老人的异常，拎起舀子打了一舀白酒，递了上来。

“尝尝，我尝尝。”老人欣慰点头，哆哆嗦嗦地接过酒，只听咕咚咕咚，竟然一口气就喝干了整个舀子的白酒。

小伙子有些担心，倒不心疼酒，只怕给老人喝出毛病来：“喝这么些，爷爷，您没事吧？”

“爷爷没事，没事。”原本含在眼眶里的眼泪终于涌了出来。

“您看，这都呛出眼泪了！赶紧回屋，喝点儿热水，岁数大了可不敢这么喝酒啊！”不知怎的，小伙子对这个老人没来由得有些好感，乐意亲近。

老人抬起胳膊擦了擦眼泪，笑着说：“是啊，这酒好啊，又冲又辣，辣了心了。”

放山的江湖

放山的江湖

•
•
•

一

二棚村的傍晚，晚霞渐褪，乳白色的炊烟和暮霭交织在天地间，远处的山峦就变得若隐若现。这个时候，玉米田是一天中最漂亮的，经过一个夏天充沛的阳光和雨水哺育，玉米茁壮挺拔地站立在地里，成片成片绿得发黑，仿佛一挤，就可以从里面滴出墨来，渗入即将到来的黑夜。陈守山端着烟袋，静静地看着眼前即将成熟的庄稼，猛吸了几口烟又狠狠吐了出来，点了点头，自言自语地说：“地里的活儿算是完了，该干山上的活儿了。”

山上的活儿，并非是山上的农活，而是只有东北才存在的一门行当——采参。当然，它还有个听起来更加高远的叫法——放山。陈守山便是这十里八村首屈一指的放山高手，被放山人尊称为“把头”。二棚村地处长白山山脉东南的末端，溪城人常说，八山一水一分田，守着金山吃百年，就是对这里最好的形容。因为此地地理位置得天独厚，山林资源丰富，环境极适合人参生长，所以除了种田之外，放山成了当地人讨生活的重要营生。陈守山从小便跟着父亲放山，和人参打了大半辈子的交道，深谙人参的生长习性和采挖技巧，村里的放山人自然都以他为首，年年等着陈守山拉帮结伙，进山拿货。

陈守山抄着小路回到家中的时候，发现老伙计已经在屋里等他多时。老伴指了指坐在板凳上的几个放山人，嗔怒道：“你个陈老艮，再不回来他们就要绑着我进山了。”

众人笑道：“老嫂子，你可别冤枉人，我们可是拎着酒菜进的屋。”

陈守山赶忙招呼老伴摆桌上菜：“老三，德水儿，不知道你们今天过来，我还合计着明儿去招呼你们。”说话间，他注意到韩老大家的儿子也在角落坐着，“哎，二树子，你来凑什么热闹，你爹呢？”

“四叔，我爹这两天闹毛病，说今年不进山了，想让我跟着叔叔大爷去长长见识。”二树子有些紧张，声音由大到小，最后连自己都几乎听不见了。

陈守山猛地想起来，韩老大上个月在地里和自己遇见，提了一嘴，说想让儿子学学放山，以后也好有个手艺，额外挣点米袋子。见二树子有些局促，陈守山哈哈大笑，赶忙也把他拉到桌上：“好啊，乐意去就跟着去，没什么了不得的。来，上桌跟你四叔喝点儿。”

谭老三把酒开了封，给四个人都满满地倒了一大碗，不等旁人，自己先端起酒碗说：“这口先敬老把头，愿咱们这趟进山拿大货！”

“喝！”

“干了！”四人碰碗喝酒，一旁的老妇人笑意盈盈地看着几个跃跃欲试的男人，突然说道：“老陈啊，今年怎么少个人呢？”

陈守山瞪了老伴一眼：“就显你能耐，我还不知道少个人啊。”

二树子有些迷糊，问：“四叔，我婶啥意思啊？”

刘德水笑道：“二树子，这放山讲究的是进单回双，进去的人数得是三五七九，不然就犯了忌讳。”

“那进去的是单，怎么还能回来双？”二树子还是不懂。

“傻小子，那挖出来的人参不也得算作数吗！”陈守山解释道。

丢下在一旁呆愣的二树子，谭老三问陈守山：“老把头，瞪眼张还没回堡子吗？”

“听说去城里卖药材，掐算日子，也差不多该回来了。”刘德水说。

陈守山仰着脖儿，翻愣着眼珠子默默计算，随即说道：“明天不回来，后个也准到了。赶明儿我上家瞅瞅，看看回来没。今年放山，少了他张君还真不成。毕竟二树子初把进山，可得给安安全全地带回来，不然韩老大还不得找咱们玩命啊！”

二树子早就听父亲说过瞪眼张——张君的能耐，好奇地问：“我爹说，张君张大爷进山，眼睛跟猎鹰一样，从不眨眼睛，有这事吗？”

陈守山点点头，抿了口酒说：“岂止是不眨眼，都说他那脑袋里啊，有块白布，路过的每一片林子都画在那块布上。他一边压山一边打拐子做记号，怎么走都不带迷瞪山的，只要他在，咱们就保准平平安安的，拿着货绕出山来。”

第二天一大早，不等陈守山去找，张君竟然早早地候在院子里。陈守山披着衣服睡眼蒙眬地走出房门，张君赶忙迎了上来：“老把头，什么时候进山？”

“你这不才回来么？”

“是啊，我可是连夜赶回来的。”

陈守山有些纳闷：“着啥急啊？”

“咋不着急，今年吉林那边封山，城里家家药铺都断了货，几个大户也留了口信，只要有货，不论大小，全都加价收货。”张君脸上满是兴奋，张开手掌，“侯氏医馆掌柜的特地嘱咐我，一旦拿到货先送到他那儿，一钱人参，给这个数。咱们赶紧研究进山吧。”

“准成不准成？”陈守山看见张君比画，原本蒙眬的眼睛也亮了起来，那可是原本五倍的价钱啊！

“那还有假！”张君坚定地说。

“我说你怎么忙忙叨叨的，我这就让老伴起来和面，预备干粮！”

张君一拍手，喜笑颜开：“妥了，我这就回家准备家伙，咱们明儿就动身？”

陈守山从腰间掏出烟袋，眯缝着眼睛仔细地往里续着烟丝儿：“等明儿干啥，今儿就是好日子，七月初八，晌午就走！”

“得嘞！”

金黄色的玉米面被和成糊糊，老伴的手法娴熟，倒面液、刮面皮、起煎饼，一气呵成，一张一张的煎饼被整齐地叠成方形摞在屉布上。陈守山一边夸赞老伴，一边从柜子里掏出放山的包裹囊，里面的用具一应俱全，小铲子、小镰刀、红色的绒线、成串的通宝铜钱、洗得干干净净的鹿骨签子。检查完毕，陈守山又从柜子的最上面拿出那个伴随他多年的五尺二寸索拨棍，并系上鲜红透亮串着铜钱的

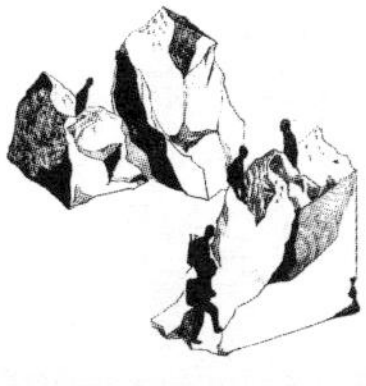

红布。

万事俱备，陈守山叉着腰站在院子里唱了起来：“哎，转眼又到七月间，成帮搭伙去放山，红线儿系在身边带，中间拴两个大铜钱，索拨棍，拿手间，扒拉蒿草仔细观，瞧见棒槌大声喊，忙把红线儿系上边……”

虽然已经是老放山人，老伴还是不放心地嘱咐：“晚上睡觉身子底下多铺东西，老胳膊老腿儿别逞能，挑好走的道儿。”

“行啦，年年都是这几句，别磨叽了，回吧。”陈守山向身后一摆手，背起包裹大步走出了家门。

二

一山有四季，十里不同天。郁郁葱葱的树木，或黄或绿的叶子，此刻一望无际的林海如同一卷掀开的画卷，路移景换，令人目不暇接。陈守山对这几座山再熟悉不过了，可每次进山，眼前的山景还是和先前大不一样，原始森林中雾气弥漫，高矮不一的树木草丛既处处相同又处处不同。陈守山一行五人，有说有笑地缓慢向山的腹地行进，说笑声放肆开怀，可声音钻进林子里，就仿佛石沉大海一样，淹没在广袤无垠的树林当中。

陈守山并不着急压山，见到一块平坦的地面，他停下脚步说：“就这儿吧，咱们先给老爷府搭上，拜山。”

张君几人心领神会，从不远处找来几块石头，垒成了一个类似山神庙样式的老爷府。陈守山随手捡起三根硬树枝，在府门前并排插进腐土当中。二树子悄悄问谭老三：“三叔，这是准备拜土地爷吗？”

“拜山神老把头孙良，少说话，看我们咋拜咋说，你照猫画虎就行。”谭老三轻声说道。

陈守山此刻已经恭恭敬敬地站在老爷府前。他双手朝上拖着索拨棍，意思是向山神伸手要货，随后他率先跪了下去，身后四人也赶紧随着跪在地上。

“晚辈一行五人进山求货，老把头保佑我们拿大货，给您老磕头了。”

“求老把头保佑。”众人齐声喊道。

放山人的神灵，和很多行当祈拜的神灵都不同。老把头孙良，既不是神仙鬼怪，也不是历史名人。他就是山东一个本本分分的庄稼人，因母亲重病，急需人参治病，孤身一人不顾清兵的封禁，冒险进山挖棒槌。途中遇见同是闯关东的老乡张禄，二人对着青山绿水结为兄弟，结伴放山。挖到棒槌后，张禄却在下山的路上和孙良走散，孙良因此二度进山寻找兄弟，最后死在山中。放山人为了纪念孙良的仁义和孝顺，便自发地立孙良为放山人的山神老把头。地上的石头对垒成老爷庙，三根树枝即是三炷叩头香，而这一片片

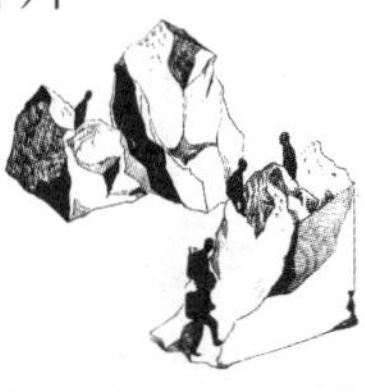

叠嶂起伏的山峦，均可看作是老把头孙良的牌位。

拜完了山，太阳已经西沉。因为上山的时候便是晌午，所以这会儿就得赶紧打“地戗子”。陈守山一边帮着搭建窝棚，一边和二树子说：“二树子，这就是咱们这几天的家了，每天都从这里出发，然后天一擦黑再回到这里。这地戗子讲究背风向阳，坐北朝南。”

二树子正和刘德水一起抱着一根木头固定，听见陈守山这般说，便吃力地应和：“知道了，四叔。”

“老把头，明儿咱们奔哪边走？”张君问。

陈守山一边打铺盖，一边指了指东边的那座山。张君顺着他的手望了过去：“上五姑娘山？”

陈守山笑着点了点头，说：“嗯，二树子是初把进山，咱们都沾沾喜气，说不准就逮着那五个姑娘了。”

“那可赶上地里五年的收成了。”张君兴奋地说。

溪城很早便流传着一段传说，说人参国有五姐妹，个顶个长得标致漂亮。五个姐妹形影不离，经常在长白山北坡玩闹嬉。鼠王被她们的美貌吸引，便动了色心，想要把五个姑娘都抢到自己的府中。姑娘们被逼无奈，只好结伴逃跑，一天翻过九个山头，足足跑了七天，终于甩掉了鼠王，来到了位于二棚子村东部的山上。从此这座山便被称作五姑娘山。据说这山上的棒槌从不单个地生长，只要寻见一个，不出百米，准能找见四个同等分量的棒槌。不过，五姑娘山沟壑纵横，山高林密，野兽时常出没，蛇虫随处游弋，人迹罕至，在那里放山也比其他地方更加艰苦而危险。

很快，一个容得下五个人躺卧的地戗子搭好了。谭老三在戗口处生起了柴火。天色暗了下来，五个人围坐在篝火周围，拿出了干粮咸菜和白酒，吃起晚饭。

“这一次放山，没有了韩老大，就叫二树子在当间做腰棍，我在最左边头棍，老三你挨着我打贴棍，瞪眼张在最右边，德水儿挨着老张给他贴棍，我和老张打拐子费神，你俩也都是有分寸的明手，得多留意二树子，一定有个照应，千万别迷瞪山了。”临睡前，陈守山照例给几个人排棍，安排明天压山的次序和职责。

“放心吧，”刘德水拍了拍二树子的肩膀，“压山少说话，早点儿睡觉，明儿精神头放足了。”

谭老三也嘱咐道：“把你那眼睛瞪圆了，这一扒拉就是一块金，不扒拉悔瞎了心，排棍不能惜力，不能怕麻烦，老话说，宁落一座山，不落一块砖。”

二树子认真地听着几人的嘱托才明白，原来这放山远比自己想的要复杂艰难，规矩讲究数不胜数。他知道，这些话都是不可多得的宝贵经验。放山人的地位，在他心里又高出一截，而眼前的山林，也让他更加敬畏。

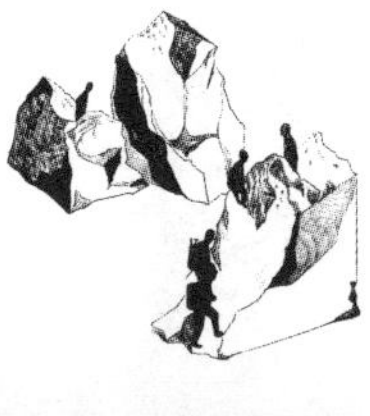

三

压山又称开山、巡山。放山人拿索拨棍，按排棍顺序横排向前地毯式搜索，两人的距离以索拨棍尖可搭在一起为限，因为短了互相影响，长了则遗漏棒槌，就这样，仔仔细细地拨草缓行，寻找人参。陈守山告诉二树子：“把屎尿都抖搂干净，压山不准方便，不准说没用的话。你要是被草丛掩住了视线，找不着人，就用索拨棍使劲敲一下树干，我们听见了就会回应你，依次敲打树干，告诉你我们的位置。”

二树子问：“那要是有啥事呢？”

“敲两下，然后站住别动，我们都会过来找你。”张君说。

“眼要细，耳要灵。”陈守山说，“要是我敲三下，就说明这趟棍排得不仔细，掉头往回接着压，记住了没？”

“记住了！”

压山是极其枯燥乏味的过程，放山人的辛苦从此刻开始逐渐显露出来，没有进山时的满怀期待，也没有下山时的归心似箭，压山压山，要压住排棍的枯燥焦虑，要压住心里的寂寞空虚。

虽然是夏季，但五姑娘山中的树木枝梢交错，伸展开来的繁盛枝叶如碧绿的云，把阳光遮了个严严实实。人缓行在五姑娘山中，并不感到炎热，反倒很是凉爽舒适。植被高矮不一、混杂一处，巨木雄奇茂密、孤树成林，五个人走在这片风光旖旎的林子里，却丝毫不为美好的景色所吸引，因为在他们眼里，此行唯一的惊喜，便是棒槌！

每走十几米，陈守山便直起身子，一边用手折断身边的树枝打拐子做标记，一边用手搭在额头上观看山景。会观山景，是老把头之所以能够成为帮伙的领头人的重要原因，因为只有经验丰富的老把头才真切地知道，什么地方能生长人参，能挖到棒槌。

“三丫五叶，背阳向阴。欲来求我，椴树相寻。”陈守山牢记着父亲曾经教给自己的放山人参歌，并结合多年放山的经验，总结出了最适宜生长人参的地方，又加上了一句：“上有紫气，下有地气，蛇鼠环绕，人参最多。”两段歌词相结合，便是容易寻到棒槌的最佳地点。但是放山凭的不仅仅是经验，很多时候，更是拼个运气，所以即便眼下这片林子并没有瘴气环绕，陈守山依旧带着他们仔仔细细地排着棍，不敢有丝毫大意。

“蛇！四叔，蛇！”突然二树子一声叫喊，打破了林中的宁静，其他四人赶忙几步凑了上去。陈守山并不搭话，两步走到正在草丛中蠕动的蛇的跟前，左手在蛇面前慢慢摆动，吸引它的注意力，右手从侧面慢慢伸过去，不等它反应，右手像个铁钳一样迅速抓住蛇头，回身招呼：“拿个

袋子。”

三下五除二，蛇被装进系上死扣的袋子里，陈守山拎起袋子一下丢到二树子身前：“背着吧！让你他妈的什么都能看见！”

丢下句话，陈守山又回到原来的地方开始压山。二树子看着蛇在袋子里乱窜，只觉得背后一阵发麻，哭丧着脸哀求：“四叔，背这玩意儿干啥啊，多瘆人啊！”

张君在一旁捂着脸笑，说：“之前怎么跟你说的，压山不准乱说话，有事你得敲棍，你这诈尸一样地瞎叫唤，惊扰了山神老爷可就不好了。况且，那蛇离你还三丈远，你怎么就能看见？压山要认真，你一会儿看见蘑菇了，一会儿瞅见灵芝了，那这棒槌到底还挖不挖了？老把头这是叫你长记性！背着吧，晚上下山了，再找个地方放了。”

一番话下来，二树子终于明白了陈守山的良苦用心，知道自己犯了忌讳，只好壮着胆子把蛇袋子背在身后，拎起索拨棍继续找参。

四

接连五天，都没开了眼，棒槌像得知他们的到来一样，纷纷化作人形跑到别处去了。陈守山看着急躁的四人，也有些沉不住气了。幸好干粮还够，风轻云淡也没闹天气，他只能凭借着多年积累的威信，强压着几人心中的怨气和浮躁。

“棒槌！”张君突然一声狂吼的喊山，让其余四人都为之一振。

“什么货？”陈守山在另一端大声问，是为接山。

“灯台子！”灯台子指人参分出三桠，每桠着生一枚掌状复叶，因为形状酷似油灯台，放山人称为灯台子或者三匹叶。

“快当快当！”谭老三和刘德水齐道，这叫贺山。快当是满语，吉利和祝贺的意思。

当陈守山来到张君旁边，看见棒槌的时候，脸色却忽然沉了下来。因为眼前的棒槌，第三片叶子刚刚露头，严格意义上讲，这不能叫灯台子，因为叶不成形就不作数，只能叫二甲子。最重要的一点是，放山人有“取大留小”的规矩，三匹叶以下，是不能挖的。

陈守山意味深长地看了一眼张君，问：“抬货么？”

“老把头，算上进山那天，这都第七天了，好不容易开了眼，您可别扫了大家的兴啊。”张君是个有经验的放山人，自然知道陈守山的意思。

“抬吧，老把头，即便这第三匹叶子不成，可是现在参帮看见二甲子也要取一棵的。这是新规矩，叫开山钥匙，是好兆头呢。”刘德水在一旁帮衬。

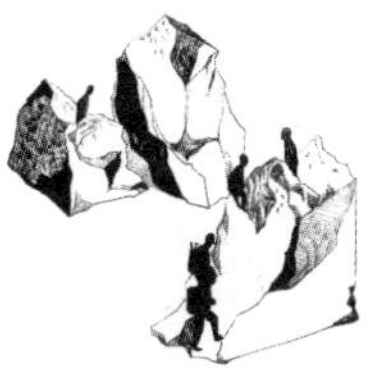

陈守山原本沉着的脸有所缓和，慢慢露出微笑：“抬货，用棒槌锁给它锁上。”

“好嘞，哥几个，帮着老把头忙活起来。”见陈守山同意抬货，张君喜上眉梢。

说话间，刘德水立马将两支坚硬的树枝插在两头，陈守山用一根红线将树枝和人参枝干连接在一起，并且坠上铜钱，一个棒槌锁就算是锁好了。放山人说，只有这样，人参娃才跑不了，只能安分地待在泥土里等待被挖掘出土。

抬货是个细致活，因为人参的价值不菲，而且极具灵性，即便只是没了一根须子，营养也会迅速流失，价钱会大打折扣。所以老把头挖一棵人参，往往都要费好大工夫。陈守山拿出鹿骨扦子，先从离棒槌半臂远的地方开挖，足足半个时辰，终于围着人参清理出了一块一米见方的圆圈，杂草和腐树枝被清理出圈，地面上露出泥土的本色。

二树子站在陈守山的身后，瞪着眼睛，死死盯着那游走在泥土间的暗黄色鹿骨扦子，大气都不敢喘。根须露出来，陈守山手上的速度明显变慢了，谭老三和刘德水悄悄地在陈守山的身后闪动手臂，为他驱赶蚊虫，张君则单腿跪在地上，静静地看着陈守山小心翼翼地挖参，双眼通红，满是期待。

太阳眼看就要落山，棒槌终于被完整地抬了出来。几人都大声叫好，拿出早已准备好的苔藓卷起人参，再用砍下的树皮打了个参包子。陈守山长出了一口气，擦了擦脸上的汗说：“老三，去把兆头砍了。”

谭老三拿出小斧头，在刚刚剥掉树皮处靠着左上角砍了五条杠，右下角砍了三条杠，意思是，五个人搭伙，拿的是三匹叶的货。陈守山看着右下角的三条杠，合计了好一会儿，才吆喝众人下山。

五

“四叔，累了一天了，怎么还不睡觉？”晚上二树子起夜撒尿，发现陈守山一个人坐在地戗子外头的土坡上。

“没事，岁数大觉少，你这是着凉了，起夜了。”陈守山说。

二树子撒完尿，看陈守山还呆呆地坐在一旁，便问道：“四叔，我瞧着你怎么有点不高兴啊？挖到棒槌了，咋的了？”

“那棒槌不该挖啊！二甲子，还没结果，怕山神老爷要怪罪咱们啊。”陈守山小声说。

二树子没懂：“德水叔不是说了吗，那是开山钥匙，可以挖啊。”

“狗屁的开山钥匙，那都是些缺了德的放山人自立的规矩，为的是啥，就是为了多挖棒槌卖钱！”陈守山愤愤不平

地说道。

“那您怎么还挖呢？不挖不就得了吗？”二树子说。

陈守山摇了摇头，无奈地说：“这把头攒合大家进山遭这份罪，为的都是求财。帮伙里虽然以把头为大，但是也不能不顾旁人，因为一旦心散了，帮伙有了矛盾，这山就压不成了。”

见二树子似懂非懂，陈守山便没有继续说下去，直起身子拍了拍屁股上的土说：“走吧，回去睡觉，以后你带帮，就慢慢都明白了。”

转眼天就亮了，陈守山几乎一夜没合眼，但还是随着众人起床，跑到溪边洗了洗眼睛。放山人清晨洗漱简单得很，不理头发不剪胡须，只能洗洗眼睛，往嘴里搂几口水。谭老三和刘德水搭起灶台，准备煮饭，干粮已然全都吃完，大家为了保险，还都带了开锅就熟的小米作预备。

吃过早饭，张君不等陈守山放话，便说：“五姑娘山就这点好，找到一个棒槌，就找到成片的棒槌，昨天咱们拿货的地方，一左一右不出几百米，准还有大货，咱们也别费劲了，直接奔那儿去得了！你说呢，老把头？”

陈守山当然知道五姑娘山的棒槌是成堆成片的，可是他的顾虑在于，拿到的是个二甲子，那左右生长的，年份也不出左右，要是再遇见灯台子往下的参，挖还是不挖。可事到如今，刘德水和谭老三也和张君一样，起了贪心，被钱财迷了心智，纷纷赞同张君的建议，自己只能走一步算一步，一旦自己坚决反对，恐怕这帮伙就要散了。

“成啊，就是别再遇见二甲子了，来点儿大货。”陈守山略微思索了一下说道。

张君面露尴尬，不过很快便缓了过来：“准能拿到大货！”说完，便大包大揽地走到头里，捋着他打的记号，顺着山路找了回去。

还是排棍，还是压山，只是这次压山和先前有所不同。张君建议，今天要是找到棒槌，先做个记号，回头一起挖。打定主意以后，大家分头开始压山。和预想的一样，五姑娘山的棒槌成片地长，林子里不时有人喊：“棒槌！”

就连二树子这个初把，都发现了三四个棒槌。这块地方圆几百米，竟然长了十几棵棒槌，而年份正如陈守山所料，全都是不过三匹叶的二甲子。这高兴坏了张君他们三人，却让陈守山有些犯难。到了中午，几个人重新聚拢在一处，陈守山说：“唉，棒槌倒是不少，可都是小货，这……”

张君早就料到陈守山准备说什么，他看了看谭老三又瞧了瞧刘德水，得到许可的眼神以后，张君说：“老把头，今年棒槌什么价，咱们都心知肚明，十年九不遇的事，叫咱们赶上了。要我说，也别管什么二甲子三匹叶规矩不规矩

的，咱先抬了货，回头给山神老把头多多上供就是了。”

刘德水和谭老三也说：“是啊，老把头，错过了这个机会，可能这辈子也遇不见这么多棒槌了。二树子，这也是你给大家带来的福分啊。头一次放山，就碰上棒槌链了！”

“啊……可别这么说，我就是来跟叔叔大爷学能耐的。”二树子被突如其来的莫名夸赞弄得手足无措。

陈守山沉默了，他心里清楚，今天这货恐怕要破规矩抬了！因为即便是自己拒绝，他们三个也不会罢休，早晚会把这里的棒槌挖个一干二净。陈守山只得把心一横，说：“那就抬吧！你们三个都带着家伙，咱们就一起吧。还望山神老爷不要怪罪咱们放山人。”

得到许可，张君几人便纷纷掏出了家伙，循着刚才做好的记号，挖棒槌拿货去了。陈守山带着二树子，心里五味杂陈，无奈地说：“这次啊，可是愧对先人了！”

六

傍晚时分，四个人紧赶慢赶，都来不及砍兆头做标记，才挖出了九棵。二树子背着大家打好的参包子准备下山，明早再来接着挖。突然从树林里钻出一位老者，鹤发童颜，身后背着不高不矮的柴火，离老远就笑嘻嘻地朝他们五个喊道："哪位是把头啊？老头儿过来碰棍儿喽！"

碰棍儿，是山里人的行话，当挖参的过程中遇见其他吃山里饭的，就称之为碰棍儿。张君面露难色地看向陈守山："老把头，这棍儿不能跟他碰。"

陈守山一皱眉："瞪眼张，你可别太过了！咱们已经破了规矩，要是连棍儿都不碰，咱们还叫什么放山人？"

"咱们五个的货，凭啥跟他分！二树子，你藏到身后，别说话！"张君有些不快，言语变得强硬了起来。

老人越走越近，很快就来到几人跟前。陈守山上下打量老人，发现这位砍柴的老樵夫身体异常健硕，要不是一张满是皱纹的脸和一头雪白的头发，光看身子骨，根本瞧不出是个老者的身形。

"老爷子，您这是来……"陈守山问。

老人侧过身子，叫他看了看身后的柴火说："砍柴啊，没想到在这儿遇见参帮了，真是走了好运啊。"

"别，老爷子，咱们不是挖棒槌的，跟您一样，也是苦差事，上山采药材来的。"张君赶紧拦住陈守山。

"啊？不是放山的啊？这扯不扯！那小伙儿后面背的不是参包子吗？你们可别蒙老头啊！"老人依旧满脸堆笑。

"哪来的参包子，都是些药材，怕跑了浆水，也学着人家包了起来。"刘德水向前走了一步，调整了角度，用身体把二树子身后的参包子遮掩了起来。

老人仔细打量了几个人，又看了看他们手中的索拨棍，收起了笑容，但是也并未恼怒：“得了，老头儿眼花了，看迷瞪了，那就不打扰各位了，咱们自行方便？”

“慢些下山，您老保重啊。”张君一拱手，佯装恭敬地送走老爷子。

老人一边哼着小调一边朝山下走。陈守山眼睁睁看着老人走远，终于质问起来：“放山最重要的规矩就是见者有份，都是上山讨生活的穷苦人，就连分一份你们都不肯舍了吗？”

没人说话，也没人理他。二树子见陈守山被三人晾在一旁，有些于心不忍，拽着陈守山的胳膊说：“四叔，先回去，回去再说。”

陈守山又是摇头又是叹气，内心打定了主意，这趟山下去，非得和他们三个好好说道说道！可是此时眼看天就黑了，还是先下了山再说别的。

张君见陈守山不再说话，也觉得自己有些过分，一脸歉意地说：“老把头，不是我们贪心，实在是这老爷子目的不纯，分明冲着分咱们的货来的，哪是半路遇见的？”

陈守山面沉似水，不肯接茬。张君讨了个没趣，只好紧走几步，来到四人的前面，引路下山。可没走多远，张君就有些奇怪了：“哎，这拐子打得好好的，怎么就没了呢？”

这句话一说出来，包括陈守山都有些慌了神。陈守山赶忙向另一侧望去，可他发现自己上山时打下的拐子也全都不见了。树枝和灌木完完整整地扎在土里，枝干完整，没有一处被折断，甚至地面上连个脚印的痕迹都没有。二树子突然惊呼：“三大爷，这是不是你之前砍的兆头？”

谭老三抬头一看，冷汗瞬间就下来了。可不是吗？第一棵人参是他砍的树皮记的兆头，八个斧头印此刻竟赫然醒目地横在树干上，像八只眼睛一样狰狞地望着众人。

“瞪眼张，你怎么给咱们又带回来了？”

张君也在瞬间看见了那棵树：“没事，不能迷瞪，跟着我走。”

张君此刻已经完全没了主心骨，他之所以能当这个边棍，凭的就是自己打拐子的能耐。手艺是他跟爷爷那里学来的，讲究拐子的角度和所打拐子的植物种类，从上山到下山，拐子都打在同一种类的枝杈上，折断的杈子也都朝同一个方向，这样不容易记混，不容易迷路。可今天，无论他怎么走，也找不到自己原本留下的记号了。

“老把头，迷瞪山了！”又走了好一会儿，张君终于放弃寻找了，因为他发现那棵打了兆头的松树，每隔一会儿就出现在他的前面。在山下，人们管这个叫鬼打墙，但是在山里，忌讳说神说鬼，只能说迷瞪山了。

陈守山也知道，张君说的迷瞪山并不只是找不到回去的

路，而是在山里不停地绕圈，走不出去了。几个人都累得满脸是汗，不停地大口喘着气。陈守山抬头看了看天，太阳已经下山了，林子里唯一的这点光亮都是夕阳的余光。显然，要是再走不出去，几个人只能被迫在山中过夜了，没有地饿子事小，夜里要是来了豺狼虎豹，怕是几个人都得交代在山里。

“想走出去也不难，你们信不信我？”陈守山突然说。

几人这时候早就没了主意，纷纷点头说：“咋能不信啊，不信敢跟着你出来放山吗？”

陈守山点点头：“既然信我，我就出个主意。”他停顿了一会儿，接着说：“把今天挖来的棒槌都种回去！”

“什么？这叫什么主意？！”张君没想到陈守山要大家舍了到手的棒槌。

陈守山也不急，平静地说：“挖了二甲子，咱们就是坏了规矩，遇人不碰棍儿，这就是没了德行，咱们放山人靠的是山神老爷护佑，如今做的是什么狗屎的事？山神老爷要能饶了咱们才怪了！”

张君被说得脸通红，可还是紧紧闭着嘴，一言不发。谭老三却先动了心思：“老把头，种下去就能走出去吗？”

“是啊，你说的可有点邪乎了。”刘德水说。

二树子头一次上山，就遇上鬼打墙，心里害怕得不行，他一咬牙把包袱从身后摘了下来，问陈守山：“老把头，这里头有没有我的份？”

“有啊，怎么没有。”陈守山说。

“那好，我先把我的那份种下去，张大爷，三叔，德水叔，我岁数小，但是我明白，再多的钱咱得有命花啊！我反正相信我四叔说的。”说完就打开了两个参包子，在身后找了块地，挖起了土坑要种人参。

“算了，种就种吧，只当是白忙活一场。”谭老三和刘德水也放下包裹，走到参包子堆里把自己的两份拿了出来。陈守山不再理会张君，拿了两棵人参自顾自地种了下去，张君看着其余四个人忙活得热火朝天，没了办法，不再坚持，把最后两棵人参拿了起来，不舍地蹲下身子挖土种参。

种参容易挖参难，十棵人参很快都被重新埋在了地上。此时，太阳已经彻底落山，陈守山环顾四周，释然地笑了。他走到一处平坦的地面上，冲着东方跪了下去：“山神老把头，晚辈们坏了规矩，惹恼了您，可看在知错能改的份上，可怜可怜山里人，给我们指一条明路下山，在下陈守山！”

“二树子！”二树子紧跟着跪了下去。

“刘德水！”

“谭傅鹰！”

“张君！”

“给您磕头赔不是了！”

三个头磕下去，只听耳边歌声响起。那声音从远处的山林中传来，众人只觉得神清气爽，清越悠扬，再仔细一听，才恍然间发现，这不正是方才前来碰棍儿的老者的声音吗？

老者的声音越来越真切，循环反复的唱词终于清晰地传进几人的耳朵里：

长白老林棒槌多，放山寻宝事先说：
拉帮结伙耍单数，能不能去把头夺；
准备快当与花篓，薄斧手锯轻铁锅；
进山先要拜山神，猪头牛羊三牲罗；
康熙御封孙良爷，只坐树墩不上桌。
虎走岗子羊走坡，坏了规矩祸事多；
棒槌鸟叫索拨棍，鹿角竹签把土拨；
抬出土精砍兆头，下山还愿吃白馍。
神山圣水出仙草，一两黄金一两货；
能消百病强体魄，鹤发童颜百年活。

陈守山第一个反应过来，腾的一下站起来：“哈哈哈，老把头给咱们引路了，还不麻溜儿走！”

众人顺着歌声的方向，疾步跑下山去。

行医的江湖

行医的江湖

•
•
•

一

“侯老爷子，您家二小子跑去小市场卖药丸了，您赶紧瞧瞧吧。”

听到一个街坊在门口吆喝的时候，侯圣元正给一位中年男子切脉，那只指甲微黄、满是褶皱和褐斑的手，搭在男子的手腕寸、关、尺三处已经有一会儿了。男子自述，说自己每到子夜便头疼不已，头脑发热，手脚冰凉，已经有半年之久了。看过舌苔，侯圣元推断，是下焦虚寒，寒气上逆之证；从脉象上看，也确是如此，男子的脉如同一把散了弦的古琴，浮弦之脉，沉按无力。

“一般偏头痛，或因声响振动，或随节气变化，或受精神烦扰，或为苦思焦虑，静养几日，大都可以减轻。可是这肾厥头痛，是肾气厥逆，寒邪上逆至脑所致，如不对症下药，必然痛楚多年啊。这会儿不行了，我得去把那个混账儿子弄回来，等过了晌午，你来取药，几服药下去，不说药到病除，应该有所缓解。”侯圣元一边说着，一边套上了棉大衣。

“好，那我下午再来取药，先生先忙。”男子面露喜色，毕恭毕敬地退出了医馆。

侯圣元这才招呼药房伙计朱三盯着医馆，起身急匆匆地离开前厅，奔着不远处的溪城东市场方向走去。侯圣元行医多年，为人亲善，溪城人一想到看病，总是第一时间想到他，这并不只因为他医术高明，更重要的是，他品行端正，从不欺诈百姓，夸大病情，赚昧心钱。可小儿子侯少棠，却总是让他有操不完的心。上个月背着他偷偷给人开堕胎药，被他停了日常的零用花销，这才几天的工夫，又跑到东市场兜售那些胡掺乱配的小药丸。

“这咳嗽，是两回子事。咳是咳，嗽是嗽。有声无痰的叫作咳，有痰无声的叫作嗽。有痰有声，才叫咳嗽。咳嗽痰喘，不一般。白痰轻，黑痰重，吐了黄痰就要命。老话说得好，内科难治喘，外科难治癣。有风寒咳嗽，有肺热咳嗽，有肾虚咳嗽，有三焦火盛咳嗽。不怕吐痰一大片，就怕痰上带红线。我这是三代祖传的秘方，三十六味草药配的咳喘逍遥丸，不过这里边净是不值钱的药。偏方能治大病，草药气死名医。所以，咱这药不贵，卖一毛钱一丸。病重的两丸子保准能好，病轻的一丸子。小孩半丸子。如若吃不好的只管来找我，原钱退回。”

侯圣元刚进东市场街头，就看见儿子举着“妙手回春”的牌子，拎着个布口袋，站在一块石头上向四周的人们介绍自己的药丸。侯少棠皮肤白皙，剑眉星目，站在人群里，风度翩翩，很有些样子，再加上嗓门洪亮，字正腔圆，围观的人越聚越多，侯圣元只得站在最后一排，一点一点往里圈挤。

来到儿子的摊位前，侯圣元反倒不急于上前制止了，他准备悄无声息地蹿到前面，来个人赃俱获，好好地砢碜砢碜他，再弄他个下不来台，让老百姓也都作个见证，好彻底断了他这歪门邪道的坑人主意。

侯少棠一边说着，一边用目光询问靠前的人们。一位五十多岁的老太太搭话问：“你说内科难治喘，外科难治癣。为什么这哮喘就比别个病难治呢？你给大娘说说。”

“呦，大娘，您这是考我呢！”侯少棠毫无惧色地笑了笑，胸有成竹地说，“告诉你们，人的肺子，三斤三两重，六叶两耳。肺管有节，左通气嗓，右通食嗓。上有三八二十四个窟窿眼，分为二十四个节气。六叶在前，两耳在后。人要想喘气，全仗着肺里头使劲。如若肝经火盛，催得肺叶扎煞了，那就得喘。这回您知道这喘是怎么回事了吧？拢不住肺叶喽，您说难治不难治？所以，必须吃咱这咳喘逍遥丸，您才能好。”

他这边刚说完，侯圣元已经气得青筋乍起，浑身发抖。他气侯少棠玩弄百姓，欺骗邻里。更气自己教给他的医术，被他生生篡改，成了胡说八道蒙人的说辞。侯圣元忍着怒火，低着头喊道：“吃了你这药丸，就保准能好？”

由于周围人太多，嘁嘁喳喳，七嘴八舌，侯少棠没有找到声音传来的方向，也没辨别出问话之人是自己的父亲。只见他摇晃着手中“妙手回春”的牌子，好不得意地冲着四下说道：“弹打无命鸟，药治有缘人。若是该着你除灾，该着我露脸，你吃了这药准能好。我自己说我的药好，那是王婆卖瓜，自卖自夸。你不放心，先买两丸子，拿回家去，吃吃试试。如若不好，你就算上了当；吃着见好，你再来买。”

这一下，围观的人们终于动了心，纷纷开始摸兜掏钱，争先恐后地找侯少棠买咳喘逍遥丸。

侯圣元又好气又好笑，使劲向前挤了挤，钻出人群喊道：“给我来两丸！”

侯少棠此时正在收一个买药人的钱，听见又有人喊，边回头拿药边说：“大爷，这药你拿回去以后，临睡觉的时候，用鸡蛋清，兑点香……”

“我先把你宰了当药引子，再吃你这个狗日的逍遥丸！”侯圣元一声大喝，把已经呆立在当场的侯少棠吓得一哆嗦，丢下牌子和布袋，拔腿就跑。可四周已经被人们围得水泄不通，一时间他根本无法跑出圈外，只得战战兢兢地回过头，怯生生地看着满脸怒气的侯圣元。

“爹，咱回家说行吗，这么多人买咱们药呢！”侯少棠试探着小声询问。

人群中有人认出了侯圣元，惊叹道：“这卖药的小子是侯先生的儿子？哎哟，那这个药准没错，侯老先生，给我也来两丸。”

“得嘞，您往前挤一挤，今天就配了一百丸，下次想买啊，可就没个准日子了。”侯少棠一边给父亲使眼色，一边还想上前卖药。

侯圣元抬起腿一脚把毫无防备的侯少棠踹倒在地，怒声骂道：“把钱都给人退了，不然我现在就剁了你，你个狗日的混蛋玩意儿！你想害死咱们溪城的老少爷们儿啊？！”

众人听闻，都愣在原地，惊愕地看着人群中央的父子俩。侯圣元朝四周行了一礼，满是羞愧地说：“诸位，我这个儿子学艺不精，配出的药也没经我查验，还请乡亲父老把药丸拿回来，待我仔细检验过了，再说卖与不卖。是药三分毒，可万万不能听信这个畜生的话，回去服了。咳嗽

痰喘，不是什么要紧的大病，要是谁真想瞧瞧，就踏踏实实到医馆号脉查诊。辨出个病源病机，才能对症下药啊。”

人们这才释然，连忙把刚刚买来的药丸交还回来。侯少棠坐在地上，索性也不站起来了，掏出方才收进口袋的钱，无奈地撒在地上，抱着脑袋沮丧地看着人们一枚一枚把钱拿走，心中满是不甘。

回到医馆，侯圣元把儿子叫回后屋，厉声喝道：“跪下！”

侯少棠自知理亏，一声不响地跪在门口，等待父亲的责骂。

“我先问你，你这药丸是什么药材配的，仔仔细细地给我说出来！”侯圣元顺手抓出一把所谓的咳喘逍遥丸在手里掂量着，指甲大的棕色小药丸在手心里滚来滚去。

“爹，瞧您这意思，我这药丸还能把人吃死？你要不放心，你尝……”侯少棠不以为意地说。

侯圣元怒目圆睁，抬起手把药丸猛地甩到侯少棠的脸上：“你是嫌你爹我活得久了是不是！赶紧说，一味一味，原原本本地给我念叨一遍！”

“别急眼啊，我说还不成吗？柴胡、半夏、人参、甘草、黄芩和生姜，对了，还有大枣。”侯少棠摊了摊手说，“就这些，没别的了。你不是总说，古人善为医者，上医医未病之病，中医医欲病之病，下医医已病之病。我这就是防患于未然，有病治病，没病预防。”

侯圣元皱了皱眉：“你配的是小柴胡汤丸？”

“是啊，这不赶上换季吗，吃点儿小柴胡汤丸总不至于有什么坏处。”

“那阴虚血少之人，怎能吃芩、夏两味性燥的药？你不是害人命是什么？”侯圣元拍着桌案，和儿子辩起了药理。

“那个……我把这两味药都减去了。”

“那人参也不是谁都能服的！比方这心肾不交、心血不足之人……”

“得了吧，一毛钱一丸，我还能给他们加人参？”跪在地上的侯少棠扑哧一声笑了出来，“爹，主要就是生姜、甘草和大枣，其余的我就意思了那么点儿。”

“这千年的古方，到了你的手里，实实在在是糟践了！”侯圣元看着跪在自己面前的儿子，哀其不幸，怒其不争，重重地叹了口气，“你可知道，很多老先生用药，毕生就是一个小柴胡汤加来减去，个中分量可见一斑。此方进可攻，退可守，加减化裁，配伍得体，可治万病。你打小就跟着我行医，万万没想到，我费尽心思的，竟教出了你这么个孽障东西，真是愧对圣人，愧对师门啊！”

药丸里没有什么致命的要害，侯圣元的怒火渐渐平复了下来，可随之而来的是巨大的伤感和厚重的悲哀。大儿子年少夭折，小儿子如今又冥顽不灵，不行正道，这位上了年

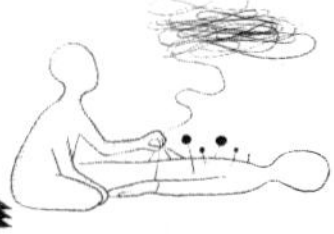

纪的老人很有些不痛快，难以名状的痛苦郁结在心中，一时间反倒没了训斥的说辞。

侯少棠见父亲不再说话，自己也低下头，　声不吭。屋子里的空气凝固淤积在爷俩周围，仿佛谁轻微地动弹一下，都会极不协调地打破这微妙的尴尬。

“咚咚咚！”一阵轻微的敲门声打破了沉默。侯少棠喜出望外，因为此刻不管是谁敲门，都是拯救他逃离这块是非之地的救命恩人。

侯圣元摆了摆手，示意让儿子先站起身。他双手在胸前交叉拢了拢披在身上的棉袄，起身拉开房门。朱三正站在门口，搓着手，犹犹豫豫，欲言又止。

“怎么了，三儿？”侯圣元问话。

“老爷，外面有个老太太来抓药。”朱三面露难色。

“那你照着方子给人抓就是了！怎么了，方子有问题，还是柜上缺了药材？”

“那个……老太太就要少爷今早在东市场卖的咳喘逍遥丸，说是回去给老伴送了丸，当时就见效了。”朱三朝屋里的侯少棠看了一眼，憋着笑，“那人说，要当面谢谢少爷，说他是华佗转世，医圣再生，老头多年的哮喘，一丸下去，即刻有了好转。”

侯少棠在屋里哈哈大笑，得意地说：“哎呀，谬赞了，你告诉她，都是我爹教得好。”

侯圣元回头狠狠地瞪了他一眼，走到装药丸的布袋前，抓了一把，转身递给朱三：“这就是生姜大枣丸，哪有什么功效，许是成了安慰剂，心思暂时抑住了病情。这些你都给她拿了去，别收人钱，也不用告知实情，只说不能根治，过几天还得上医馆来瞧瞧看看。”

“不行，不能给她这么些，”侯少棠突然喊道，冲过来就要抢走朱三手里的药丸，“至多，再给她几颗。”

“你做这枣泥球能有多少挑费？不管有没有效用，既然人家说好，就舍给人家，也当你这个混账做了件好事。”侯圣元拦开儿子，让朱三回前厅送药。

“我这药丸吃多了要中毒的，快拿回来！”侯少棠见朱三要走，也顾不得许多，疯了似的硬生生从他手里把药丸夺了回来，数了五颗交给朱三，“这五颗给她拿走，告诉她，不犯病不要吃。”

“知道了，少爷。”朱三点头说道。

侯圣元站在门口，皱了皱眉，脸色忽然一沉：“三儿，你先等会儿。”

“这药丸里到底加了什么东西？你给我照实说，再不说实话，我打折你的腿！”侯圣元面沉似水，严厉地问侯少棠。

“没啥，就是加了点险药，偶尔吃吃，没什么大碍的。”侯少棠支支吾吾。

侯圣元不再理会他，径直走到布袋前，拿起一颗药丸，凑到鼻子前闻了闻，他发现除了大枣和甘草的甜香，生姜的辛辣，隐隐还透着一丝奇异的清香。他气愤地丢下药丸，顺手抄起了桌案上半尺多长的镇尺，咬牙切齿，面带杀气就冲着侯少棠走了过去。

侯少棠知道事情败露，来不及多说，推开朱三撒腿就跑，一转眼的工夫就跑出院子，消失不见，只留下不明所以站在门口的朱三和破口大骂声音震天的侯圣元。

朱三眨巴眨巴眼睛，呆呆地问道："老爷，您怎么说急就急了，刚才不还好好的吗？"

"你知道他这药丸里加了什么？"侯圣元颤抖着声音说。

"啊？"

"罂粟！他敢往药里加大烟！狗屁的好转，那是顶药，吃多了，是要出大乱子的！我非得打死他不可，他活着是个祸害！非得打死！"

朱三哑然失色。

二

侯圣元终究还是没有打死儿子，侯少棠也终究没惹出什么大乱子。每当医馆闲下来的时候，侯圣元还是苦口婆心地给儿子讲医理药性："人身一天地，无外乎阴阳虚实，五行相生相抑，所以中医归根结底是道家。不管是时方还是经方，你都要时刻谨记要诀，加减化裁，配伍得当，一个辩字在中央。弱不经药，虚不受补，事事要从‘平气’‘不及’‘太过’三处仔细考量，才能深刻体会咱们从医的真谛。”

“你成天给我讲让我背，却始终不让我瞧病，我学这些有什么用？”侯少棠有些不耐烦。

靠在饮片柜旁的朱三笑道：“少爷，你不是配了小药丸吗？”

侯少棠白了他一眼：“还真别哪壶不开提哪壶，我这还不是让侯神医给逼的。老话说得好，纸上得来终觉浅。”

侯圣元叹了口气：“不是不让你坐诊，我总有老的一天，这医馆到底不还是你的。”

“爹啊，这就是您考虑不周了。等您老了，我开堂问诊，出了什么纰漏，您老眼昏花的；手底下也没了准头，怎么知道我断的病准不准，下的药成不成。”

“说得倒也是，老爷，您要始终不肯放手，也考验不出少爷行还是不行，侯家的医馆总不能砸在他手里不是？”朱三见侯少棠对他使了个眼色，赶紧跟着帮腔。

“得了，既然你有心，我也松松口。在家看病开药总比在外面胡闹强，明天开始，你也出堂问诊，咱们侯氏医馆开个双诊，在我眼皮子底下，我心里也落底。”虽然心中有些顾虑，侯圣元终于还是勉强同意了侯少棠开诊。

第二天清晨，医馆门口就排满了看病的人。侯圣元有个规矩，过午不看病。他认为，上午的时候，阴气未动，阳气未散，经脉未盛，络脉调匀，最适合切脉看病。过了晌午，人体周转了半天，阴阳胶着不清，经脉也就复杂混乱了，极易混淆视听，造成误诊。所以人们也都挑着清晨的时候前来瞧病抓药，尤其进了腊月，看病的人更是多了几分。“正月不用药，用药病一年”的风俗在溪城根深蒂固，人们都指望趁着腊月，赶紧把毛病治好。

一进门，大家都傻了眼，只见大堂里侯家爷俩左右分坐两旁。侯圣元有些尴尬，对前来看病的人说：“诸位，犬子学医多年，从今往后也来前厅看诊了。不过，全凭各位心意，信不过他的，尽管在我这儿看。”

在场的几个人看了看大模大样坐在一边的侯少棠，都抿着嘴笑了。不过还是有人圆场，说：“老子英雄儿好汉，侯家少爷想必得了真传。”

不过说归说，大家都还是站在侯圣元这边，耐心地等着看病。

侯少棠也不恼，支棱个膀子、斜着眼看父亲这头人头攒动，摆弄摆弄纸笔，扒拉扒拉压方。朱三一边按照侯圣元给病人开的方子抓药，一边安慰说：“少爷，您也别着急，总有那不开眼……不是，总有那慧眼识英雄的主儿找到您。”

侯少棠白了朱三一眼，望着身前的清清冷冷，转了转眼睛，扑哧一乐，开了腔问朱三："闲着也是闲着，朱三，你抓了半辈子药材，我给你出几个谜，谜底都是身后这些草药，你可猜得出来？"

朱三把包好的草药绑好，递给一位病人说："上焦如羽，非轻不举。注意火别过大，也别煎久了，按时服就是了。"转过头对侯少棠说："那您先来一个，我看看猜得着猜不着。"

"说美丽一姑娘，家住高山上，只因心肠善，专为人治疮。你说是什么？"侯少棠故意抬高了声音，一旁等待看病的人目光一时间都被吸引了过去。

"哈哈哈，这个可不难，清热解毒，消肿散结，大姑娘可是山慈姑啊？"朱三立即就猜出了谜底。

"果在刺中央，秋来满山冈，核仁是良药，安神作用强。"

"这是味酸枣核。"

"还真难不倒你，你再听这个：一人一家多辛苦，儿子再大不离母，百年古书已无用，千里捎书一字无。这个得猜出来四味药材，非得全说出来才算对。"

这一下可把朱三难住了，单猜一个，根据多年的经验，再结合药理，他十有八九能猜出个大概。可这四句话，没有一个和药用有关，净是些上下挨不着的话，朱三一时间挠着头，盯着满柜的药材没了主意。

“少爷，您给说说，是哪四味药材啊？”朱三问。

“候诊的几位，闲着无聊也可以猜猜看，你们谁说对一味，今儿我就免费送您一诊。”侯少棠对另一侧等待诊治的病人说。

几个人见前面还有些排队的，被侯少棠说动了心思，一边踱着步往这边走，一边盯着药材柜子上各式草药的名字，并不真的为了免费看诊，只是闲来无事，想凑凑热闹。

其中一个年轻人突然一拍手：“千里捎书一字无，说的可是白芷？”

侯少棠心头一喜，笑着说道：“正是正是，当真是有能人啊！您猜出了一味，我说话算话，我免费送您一诊，断得不准，您大可以再去那头找我爹看，但是这一诊，怎么着我也得给您瞧瞧。”

“哎呀，可不就是白芷吗？我怎么就没想到！小伙子，你赶紧让少爷给你把把脉，在那头，等着也是等着。”朱三这才明白了侯少棠的用意。

其他人也都点头称赞，年轻人有些得意，带着满脸的笑意坐在了侯少棠的桌案旁：“也不难猜，只需在脑子里绕那么一绕就是了。”

“就这一绕，还不是绕住了跟草药打了一辈子交道的主儿？哈哈，您说说吧，身子哪里觉着不舒服。”三两句话，侯少棠就把话头从谜语带回到病人身上。另一侧的侯圣元听得真切，心里暗笑儿子使的这江湖损招，脸上却波澜不惊，依旧不动声色地给身前的病人把脉。

年轻人听侯少棠问病症，也不隐瞒，说：“最近只感觉小便不利，次数多，而且黄得发红，是不是上火了？”

“你把舌头伸出来我瞧瞧。”

病人伸出舌头，侯少棠凑到近前仔细瞧了瞧，鲜红的舌头当中，覆着一层厚厚的黄苔。他点了点头，示意病人伸出手来，年轻人缩回舌头，自然把手放在脉诊上，手掌朝上，静等着侯少棠切脉。

侯少棠把右手轻轻搭在病人的手腕处，微微闭上眼睛，感受着手腕传来的轻微震动。很快，他就发现病人为数脉，一呼一吸，正好六下，比平脉多了一下，心里立即有了分寸，便撤回手，睁开眼睛说：“从您的脉象来看，为数脉，舌红苔黄，是个热证，实火之证，湿热下注，蕴结于下焦，阻于肾与膀胱，才导致小便不利、尿赤等症。”

“那好治不好治？”年轻人有些着急，显然病症给他带来很大麻烦。

“实火可泄，虚火可补，并不要紧，我这就给您开方子。”

侯少棠拿起笔，蘸了点墨，在空白的纸上写了几个字：文蛤20钱，碾碎，煎汤内服。

“只这一味药？”

“嗯，只这一味，药到病除。”侯少棠信心十足地说。

几天过去，当侯圣元看到朱三按他吩咐偷偷记录的侯少棠开出的方子时，心里不由得一惊。清热利湿，用文蛤散；祛湿散水，用瓜蒂汤；脚气冲心，孤使白矾；肺痈之证，桔梗、甘草；实热呕吐，甘草、大黄；妊娠水肿，冬葵、茯苓。唯独一个治疗虚寒吐血之症，他用了柏叶、干姜、艾叶的柏叶汤，是整整几十个药方，唯一一个超过两味药的方子。

“少棠，膀胱有热，水道不通，尿少次频，清热利湿，为何不用五淋散？”侯圣元指着方子问。

侯少棠想也不想，就熟练地说：“赤茯苓、当归、生甘草、赤芍、栀子仁？”

“既然知道，为什么只用单方文蛤？”侯圣元阴沉着脸问。

“一来，实在麻烦，明明一味文蛤就行，何苦弄那么复杂。二来，给人省点钱。怎么了，我这一味文蛤，也是《伤寒论》里的经方，可没有胡乱开。毕竟药无难代之品，只有不善代之人。”侯少棠理直气壮地说。

“你……”侯圣元被他的理论弄得哑口无言。

一味单方，气死名医，这是自古以来就有的话。但当下的名医，大都重视五行辩证，药方要互相扶持，顾及其他。所以用药大都宏大有力，各种草药如同一支军队，集结成行，杀入患处，兼攻兼守，不失寸地。侯少棠用药，却如同关云长千里走单骑，一把青龙偃月刀，过五关斩六将，直抵病处，一路凶险。

“好，你能耐大了，等着人家病人找你理论，你就知道这单方险方的害处了。”侯圣元把药方一甩，气愤地走出医馆。

让侯圣元意想不到的是，侯少棠所医治的病人，极少有来复诊的，即便来了，也是症状有所缓解，只想着尽快痊愈，再来讨些其他配伍的药。侯少棠的名声，一传十，十传百，仅仅半个月，就在溪城大街小巷传播开来，坊间甚至给侯少棠起了个名号——侯三味，传说他能双手诊脉，不论什么病，仅用三味药，就能药到病除，起死回生。侯氏医馆里，找侯少棠看病的人，已经不比找侯圣元的少了。

三

这一日，医馆走进一男一女两人。女的三十多岁，穿着简朴，神情焦虑，或许因为长时间搀扶着身边面色焦黄的男人，毛毛躁躁的头发沾着汗水，胡乱贴在额头上，显得狼狈不堪。

朱三赶紧转出柜台，上前搭手，女人吃力地把男人交给朱三，不等侯圣元问话，扑通就跪在了大堂中央：“求求

您侯大夫，救救我男人吧！”

“这是干吗，可使不得，你先站起来再说。少棠，快去把人扶起来。”侯圣元被这突如其来的一跪惊了，屁股赶忙从椅子上挪开。

侯少棠走到近前，好歹算是把哭得跟泪人似的中年女人拉了起来。

此时，男人终于被朱三扶到椅子上，头上黄豆大小的汗珠一滴一滴向下淌，虚弱得几乎说不出话来，可还是强忍着痛苦，龇牙咧嘴、有气无力地训斥女人：“鬼号什么！净给我丢人现眼！”

侯少棠却在一边瞧得真切，男人说话的时候，右手捂着腹部，左手紧紧抓着桌角，五个手指因为疼痛过度，已经攥得扭曲变形。此时，他有心想问问病人的情况，可又怕父亲不悦，只得老老实实地在一旁，缄口不言。

“大妹子，你先别哭了，既然来到了医馆，怎么着也得等看完，我才好说话。”侯圣元无奈地摇摇头，再度回到椅子上，对着面前的男人仔细观瞧。

“哪里觉得不舒服？”

不等虚弱的丈夫说话，一旁的女人止住了哭声，抽抽搭搭凑到近前，对侯圣元说：“侯先生，从半个月前，他就开始上吐下泻，一到晚上，捂着肚子撅着腚趴在炕上，肚子里面的硬块一疼就是一宿，手脚冰凉，身上却不停冒虚汗。您快给看看，我家男人这是怎么了。”

侯圣元皱起眉头，若有所思地瞧着对面表情痛苦的男人：“把手给我。”

男人松开攥着桌角的手，手心朝上递到侯圣元的身前。侯圣元看见满是红点的手掌心，迟疑了一下，才把手指搭在男人手腕处。男人的脉，往来流利，如同一颗玉珠在他的三个指尖上反复游走一般，速度飞快，令人难以拿捏轻重。

“你把舌头伸出来我……”侯圣元抬起手，刚想看看病人的舌苔，可他发现眼前的男人微闭着眼睛，仿佛已经睡去。

“啊？大夫，您说什么？”听见侯圣元的话，男人又睁开了眼睛，神情恍惚，似乎刚刚从甜美的睡梦中惊醒。

侯圣元没有重复刚才的话，只是点了点头，有些为难地看向女人：“咱们借一步说话。”

“大夫，我知道自己阳寿尽了，有什么话尽管说吧，她一个妇道人家，做不了我的主。”

女人眼泪又流了下来，只是这次，悄无声息，不似方才的哭号：“求求您，救我男人一命吧！”

侯圣元沉吟良久，最终还是摇摇头：“虽说我行医多年，也不能逆天改命。所谓，神机化灭者死，气立孤危者死，亡阴亡阳者死，阴阳离绝者死。你这病症，乃三阴死症，即便是大罗金仙、医圣转世，也无力回天了。”

男人面色苍白，惨淡地笑了笑：“那……还能活多久？”

“转了年，也就差不多了，趁着现在，可以安排后事了。”说完，侯圣元便示意朱三帮忙把病人扶出医馆。

让所有人都没想到的是，女人突然丢下男人，冲出医馆，跑到熙熙攘攘的街上嘶喊起来：“见死不救，枉为名医！老少爷们儿都看看，我家男人生病了，这个老头却连一服药都开不出来！大家快来看看，什么狗屁医馆，纯粹是庸医，骗人！”

街上来往的人很快就被她的喊声吸引过来，她见围观的人越聚越多，嘴里的话也越说越刻薄：“都说侯家世代行医，医术高超，我看就是浪得虚名，怎么还有治不了的病呢？医生就是给人治病的，治不了病，算什么医生？这药柜上成百上千种药材，难道就开不出一服对症的药吗？大家以后不要来他家瞧病了，老侯家世世代代都是庸医，江湖骗子！”

“朱三，把病人扶出去，关门。”侯圣元强压怒火说。

“侯大夫，实在对不住，这女人……嗨，你说我治什么病呢，死就死了，还给您招惹是非。”

侯少棠也走了过来，和朱三一起，架着男人，迎着众人的目光缓缓向外挪去。当男人被交还到女人手里之后，女人一把拽住了侯少棠的手，又变了腔调，哀求着说：“求求你，救救我男人吧！求求你了，都说医者父母心，你们不能就这么见死不救啊！”

“侯家少爷，你们爷俩帮帮这两口子吧，多不容易啊！”周围的人被两人的惨状感染，纷纷跟着求情，有些人甚至还流下了眼泪。

女人听见父老乡亲的帮腔，再度跪在地上，不住地向四周磕头：“谢谢你们，谢谢，你们都是好心人，谢谢！”

“回家！傻娘们儿，咱们不治了！回家，你快起来，咱们回家！”男人哽咽着说，不知是心疼媳妇，还是心疼自己。

侯少棠回头望望站在屋里的父亲，父亲眼神坚定地朝他摇头。朱三凑到侯少棠身边：“少爷，回去吧，这病你治不了。”

“我想试试。”

“万万不可，三阴死症，从来就没有人医好，只要传到少阴和厥阴，任凭医术再高，也不能医好了。你没看见刚才他都已经神志不清了吗？精气神都散了！”朱三不停地劝他。

侯少棠却心意已决，一摆手，拨开挡在身前的朱三，走到两人面前，对着四周看热闹的人群说：“诸位，我和我爹是医生，不是神仙，再说句到家话，神仙还有难心事，何况医者在凡尘。今天，若要我来治这个病，也不难，在场的各位，有一位算一位，都得给我做个见证。”

“你说，只要能救大兄弟，我们就给你做这个见证了。大妹子，还不赶紧谢谢侯少爷！”人群中有人搭话，随后众人点头附和。

“谢谢侯少爷，谢谢侯少爷！只要能救我家男人，你让我当牛做马我都没有二话！”女人嗓子已经哭喊得沙哑。

“当牛做马不用，不过你想好，方是险方，药也是猛药，许是吃了不顶什么用，也或许就管点儿事。但是你每天早上不等医馆开门，就要候在门口取药，天天如此，若我开门没见你人，那这药我就不给了。你可做得到？”侯少棠也不搀扶女人，站在医馆的台阶上低头问道。

“能，能做到。”

“降服不住药性，吃死了，我也管不着。”

“行！我认了，只要您肯治，我们什么都依。”

“好，明天一早你就来，你来一天，证明这位兄弟在一天。人死了，你就不用来了。各位街坊邻居、乡亲父老都是我侯少棠的见证人，这药，我分文不取，白送，但是这病，就是绝症，治好了是我侯家的本事，治不好，也莫说我侯氏医馆见死不救，丧尽天良。”

说完，侯少棠领着朱三迈步走回医馆，丢下一群人在门口，不再理会。

四

“胡闹！”侯圣元没等儿子坐稳，就大声呵斥。

侯少棠却好像没有听见一样，径直走向饮片柜，盯着满墙的草药问他：“爹，可是弦滑脉象？”

“我说你胡闹！咳咳！”

“老爷，您先消消气。少爷这不也是被人逼的吗？那么多人看着，要是真不管不顾，咱们这医馆的名声不就臭了吗？”朱三拿起茶壶，忙给侯圣元倒水。

侯少棠转回身，一脸认真地问父亲：“就是，爹，您先别急着恼，事儿我都应下来了，事已至此，爹您说说，这要搁您，您怎么下方子？”

“我治不了！没方子！”茶杯被重重摔在桌子上。

“那我说，你看对不对。病邪深入少阴，心肾阳气衰惫，从阴化寒，应该用四逆汤，对吗？”

侯圣元没说话。

“或者从利水开始，用西洋参、葶苈子、冬虫夏草、三七、牛黄、玳瑁、砂仁、沉香、猪苓、黑丑、白丑。”

“哼，加附子、党参、白术、干姜、甘草。”侯圣元虽然语气依旧带着不满，可仍旧和儿子配起了药方。

朱三握着茶壶张大了嘴：“老爷，少爷，这些可都是白给的啊！可都是钱啊！”

“这时候了，还说什么钱不钱的，既然这个畜生都夸下海口了，别管那些了。”侯圣元瞪了朱三一眼，也不住肉疼，谁让不孝子夸下海口，当着众人的面，应允了人家。

这一晚，侯少棠整夜未眠，虽然他和父亲辩了一下午，总算拿出个连朱三都觉得宏伟壮观的大方子，可他依旧觉得不妥。虚不受补，弱不经药，这一巨方下去，先不说治不治得了病，仅仅是药物在体内相互斗争，都够他受的。没有人能完完全全把握好用量，保持众多味草药进入身体，既能互不影响，伤及别处，又能各显神通，治病救人。

第二天一早，不等天光大亮，侯少棠就早早地来到前厅，坐在药柜前直愣愣地发呆。忽然侯少棠猛地拍了一下脑门，站起身爬上药柜，飞快地取出药材，绑成一个大药包，胸有成竹地拔开门栓，只等着女人前来取药。

等朱三和侯圣元唉声叹气地来到前头，女人早已经拿着药包离开，只剩下侯少棠端坐在椅子上，气定神闲地喝着清茶。

一天，两天，三天，一个月过去了，女人从不间断，每天天蒙蒙亮就早早来到医馆大门外，等着侯少棠的药包。腊月过去了，女人原本哭丧的脸渐渐有些笑容；正月到了，女人捧着饺子和油饼给侯少棠当早点。

侯圣元暗自欣喜，自己的功夫总算没有白费，女人成天取药，说明病情有所控制。儿子也汲取了教训，每天早早起床，照看医馆，进药看病，也算有了长进。爷俩的感情，也由那次事情以后更加亲近。直到那个曾经被自己判决死期的男人，重新意气风发地来到医馆道谢，侯圣元都没有感到任何不妥。

“侯老先生，感谢您和少爷的救命之恩，今日他身体已经大有好转，日常走动也不成问题了，这不赶紧过来登门道谢，这点钱虽然不多，还请您笑纳！”女人把一个裹着钱币的布包放在桌上，双手合十，朝父子俩道谢。

送走二人，侯圣元一整天都心神不宁。吃过晚饭，他把朱三喊来问：“朱三，把最近两个月咱们的账目拿来我瞧瞧。”

“老爷，账本在少爷手里。”朱三回道。

“咱们每天赠的那服药，其中几味药材都异常名贵，要提早进货，你看看家里还足吗。虽然少棠不比以前顽劣，可毕竟还年轻，你不能甩手不管，要适当地帮衬着他。”侯圣元说。

“知道了，老爷，我这就瞧瞧。”说着，朱三架起了梯子，娴熟地登了上去，拉开药匣，按照药方，一味药一味药地查验起来。

“老爷，都还充足，满满当当，少爷可能刚刚补了货……不对，这是……这是年前的那批虫草！老爷，不对

啊！”朱三一只脚悬空，拽着饮片药匣惊讶地看向侯圣元。

“年前的？”

“是啊，年前药商送药的时候，我因为这虫草颜色不正，虫体不长，和他们大闹了一通。他们说下次再来的时候给调换，我特地写了纸条，怕忘记是哪个药商来的货。你看，纸条还在。”朱三从药匣里拿出一张纸条，上面赫然写着三个大字：罗瘸子。那是经常给侯氏医馆送药的老药商，侯圣元也和他熟识多年。

“朱三，你赶紧看看，药柜里别的药少了没有。”侯圣元突然说，他此刻已经感到不好，只等朱三把所有药柜都拉开，就能最终确定自己的预感。

朱三也察觉出侯圣元的表情有些怪异，手上的动作越来越快，长长的药匣被快速拉出再推回。最终，偌大的饮片柜上只有三味药，比平常少了一大半，而且在朱三的记忆里，这三味药最近都没有给病人抓过。

“老爷，三味药少了，有一个几乎要见底了。”朱三走下梯子，战战兢兢地说。

侯圣元只觉得头晕目眩，他早就该想到，自己的儿子怎么会突然变得这么乖巧懂事。可仅仅三味药，就把一个死症病人治好，这实在出乎他的意料。侯圣元的声音有些颤抖：“是哪三味？”

“半枝莲、铁树叶、白花蛇舌草。”

侯圣元呆呆地望着三个探出身子的药匣，怔立了许久。直到朱三唤他，他才有气无力地瘫坐在椅子上：“看来，我真的是老了！我这个儿子，当真是华佗转世，药王再生。服了，服了。”

他让朱三把药匣复原，没有再说一句话，转身离去。

从那天起，侯氏医馆里就只有一个坐堂大夫，就是侯家少爷，侯少棠。

而这三味药的配伍，直到许多年以后，才被一个死刑犯，临行刑的前三天公布于众。死刑犯姓朱，说此方是祖父传下来，治疗癌症的奇方，不想就此失传，愿意奉献给大众，弥补所犯下的滔天罪行。他在遗书中特地声明，这个以半枝莲、铁树叶、白花蛇舌草搭配的药方为：侯氏三味。

侯三味。

厨子的江湖

厨子的江湖

•
•
•

一

农历八月十三，溪城各大酒楼同往年一样，刚过晌午，就挂上了“暂停营业”的牌子，不再招待食客。这个规矩已经流传多年，外人并不知晓其中道理。只有餐饮行的人清楚，每年的八月十三，溪城的厨师都要来到位于城中、享有“溪城第一味”之称的庆华楼总店，并在晚宴上每人做一道菜，以缅怀祭奠祖师爷詹鼠，还要借此机会，交流技艺，聚会联谊。

相传隋文帝杨坚开国初期，为满足口腹之欲，吃遍山珍海味，后来食天下珍馐都如同嚼蜡。大量御厨被杀，使得厨师纷纷改行，杨坚只好广贴皇榜征厨征菜。厨师詹鼠因不满杨坚的所作所为，怒揭皇榜。面见隋文帝后，他告知隋文帝，这世上最好吃的菜肴就是“饿”。隋文帝急于找“饿”，带着大臣跑遍大街小巷，饥肠辘辘。这时詹鼠奉上以鸡为主料，以葱、姜、红辣椒丝等为辅料烹饪的“金鸡报晓”，隋文帝吃后龙颜大悦，懂得了詹鼠的良苦用心，也悟出了治国安邦之道。从此，隋文帝体恤民情、励精图治，开启了中国历史上有名的隋唐盛世。为感念詹鼠，隋文帝封詹鼠为詹王。民间认为詹王是厨师福星，便敬詹鼠为餐饮界的祖师爷。时至今日，溪城各大酒楼的后厨里，仍旧供奉着詹鼠的画像，每天开灶前，所有后厨都要跟着厨师长上香祭拜，并安排专人擦拭、整理。

下午两点，虽然正门紧闭，可庆华楼的后门却四敞大开，厨师长刘三江穿戴整齐地站在门口，迎接陆陆续续到来的厨界同仁。

“刘师傅好！”知味轩的主厨孙百川带着几位徒弟首先到来。

“老孙，今年你可是头一位。”看见老朋友，刘三江紧走两步，迎了上来。

“今晚我这道菜费工，这不，笨鸟先飞，哈哈哈。”

刘三江见这位川菜大师傅的徒弟，手里拎着白菜和母鸡，便打趣道：“这是笨鸡先炖吧？晚上就等你这道费工费力的国宴菜——开水白菜了！”

孙百川虽被识破，却并不恼，笑着说：“但凡沾上吃，还真是逃不过你刘主厨的慧眼啊！是了，今年就是道开水白菜，哈哈哈哈。”

“后厨早都腾出来了，您请！”刘三江一拱手，把孙百川让进庆华楼。

二

溪城近几年经济发展迅猛，工厂企业连年涨薪。百姓生活条件提高，餐饮行业自然也水涨船高，跟着这股经济风大热起来。原本仅有辽菜和鲁菜的溪城，仿佛一夜之间，便出现了全国各地菜系的酒楼菜馆。传统的川菜、粤菜、淮扬菜不需多讲，就连苏、湘、徽这些口味在北方并不被人普遍接受的菜系，也零星出现在溪城的三街五巷，餐饮界一片繁荣大好景象。

刘三江所在的庆华楼，主打本地辽菜，自始至终在百花齐放的酒楼中，独占鳌头。总店的大厅正中，始终挂着那个由冯大中书写，全城厨师共同推选的“溪城第一味”的金字牌匾。这也正是每年厨师集会，大家都要前往庆华楼的原因，当然，也是庆华楼五家分店开遍全城的原因。

就连庆华楼投放到电视台和报纸上的广告也无不表明庆

华楼的底气，仅仅写着简单的一句话：好吃又不贵，溪城第一味。足见，这“溪城第一味”的招牌已经深入溪城百姓的心里。

“呦，张师傅到了！”鲁菜馆丰泽园的主厨张浩川也被徒弟们簇拥着，闲庭信步地走了过来。

“刘一手，今年你是不是还准备留一手啊？我告诉你，这条大鲤子可是我挑了好久才买下的，你要是再不拿出绝活，可小心被我比下去。”张浩川指着身后徒弟捧着的水盆，一条肥硕鲜活的鲤鱼在水中游曳。

刘三江凑到近前，伸出右手食指和中指，对着鱼身由头至尾地使劲划了一下。突如其来的按压惊得鲤鱼在水里使劲扑腾：“鱼鳞完整，肌肉也结实，看来你小子着实费了一番心思啊！”

“那是，我可不能被你这个老东西看扁了，回头招你一年的耻笑。”张浩川得意地说道。

两人是多年的好友，刘三江也不客气，撇着嘴嘱咐道：“告诉这帮小子，别给我厨房弄成水帘洞了，还有，别使我的刀！”

“瞧你那个小气的样儿。”张浩川从徒弟手里接过刀具袋，在刘三江眼前晃了晃，“知道上次用完你的刀，你心疼了半个月，爷们儿今年自己带了。”

说完，也不等刘三江回话，就大摇大摆地走进门去。

三

下午三点，庆华楼里熙熙攘攘，人声嘈杂。酒楼老板吴德礼历来非常重视厨师们每年一次的聚会，亲自在宴会厅里招待客人，笑眯眯地给各酒楼的厨师倒茶递烟，询问这一年各家的生意好不好、定桌包席多不多，刘三江则在后厨帮各家主厨张罗这晚上的每人一菜。

“珍海楼来没来人呢？”指挥徒弟熬炖鸡汤的孙百川问刘三江。

刘三江站在厨房向四周望了望，说：“没瞧见，可能还没到。虽然是新开张的酒楼，可帖子也早早就派人送了去。那边带了话来，说一定到，许是还没忙活完吧。”

孙百川把刘三江拉到一边，伏在他的耳朵上小声说：“老刘，你得留个神。我侄子在珍海楼当三厨，据说他们主厨是从南方过来的，对这溪城第一味的招牌有些看法。今儿不来便罢，一旦来了，你可小心人家给你作难！”

刘三江皱了皱眉，说：“难不成他想做这溪城第一味？”

“那可说不准，这个招牌名号太响，别说他珍海楼了，就连我知味轩，也觊觎许久了，只是技不如人啊。”孙百川自嘲地笑了笑，随即又是一脸的担忧，“你也别托大，中国卧虎藏龙，没准真是位高人呢？”

“不服高人有罪，要真是这样，我亲自把这牌匾摘

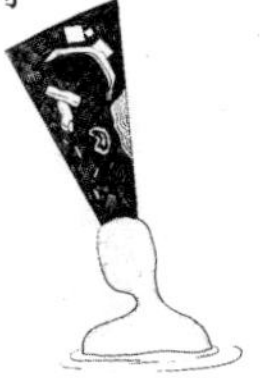

了，送到珍海楼。”刘三江说。

“算了，懒得管你，我熬我的鸡汤去了，你赶紧准备准备晚上这道菜吧。”

孙百川撇开刘三江，又跑回炉前盯着鸡汤的火候。刘三江心中却泛起了合计。他早知道头些日子，城北开了家珍海楼，装潢讲究，消费也高端，不少老板都对那家店的菜赞不绝口。可由于工作繁忙，自己始终没有去试菜。如今孙百川一说，不由得有些没底。那块招牌虽不是庆华楼的立店之本，可也算得上是镇店之宝。溪城第一味，再怎么也不应该落到一个外乡人手里。

厨房里陆续有人备菜结束，有人腌制开始，案板上叮叮当当，水池里哗啦哗啦。虽然别人已经如火如荼地准备菜肴，可刘三江对他今晚作为东道主的主菜，依旧没有十足的把握。

四

“刘师傅，珍海楼主厨来了。”服务员急急忙忙跑到厨房找刘三江。

“人在哪儿呢？”

“在后门，说第一次来，不懂规矩，非要等你出去，才好进来。”刘三江发现服务员脸色难看，显然被这位师傅难为了几句。

“知道了，我这就去。”

孙百川在一旁听得真切，咂着嘴说道：“让我说着了吧，来者不善，善者不来。”

刘三江白了他一眼，整了整衣服，随着服务员走到后门。远远地就看见一位三十多岁的中年人，中等身材，四方脸庞，鬓角的头发略微有些秃，眉毛却浓黑而整齐。见到刘三江，那双眼睛突然闪出光芒，仿佛一柄蓄谋已久的利箭，猛地射向他，让人猝不及防。

中年人拱手施礼：“刘大师傅，我叫李泊文，是珍海楼的主厨，这些是我的助手，初次见面，却早有耳闻，日后还请刘主厨多多关照。”

“李师傅，这可不敢当，互相帮衬，互相帮衬。几位随我进屋落座。溪城的大师傅们，已经早早到了，都打听咱们珍海楼呢。”刘三江客气地说道。

“实在抱歉，我听说今晚每家酒楼都要做上一道菜品，供晚宴使用，怕自己砸了招牌，在家泡发食材，准备一应用品，耽搁了一会儿。”

刘三江看了一眼，只见李泊文的徒弟们抱着几个泡沫箱，他笑了笑，侧过身子，恭恭敬敬地把李泊文一行请进庆华楼。他示意服务员在前面引路，自己却没有随着进去，他喊来徒弟，嘱咐说：“赶紧打电话给四家分店，告诉他们把料备齐，早些过来。”

徒弟点点头，连忙向前台跑去。刘三江这才长舒了一口气，悬着的心略微向下放了放，站在门口抽着烟，静静地回想晚上这道棘手菜品的做法。毕竟，已经多年没有做这道确立了溪城第一味地位的“三仙堂”了。

五

晚上，庆华楼的宴会厅里座无虚席。一些小酒楼的菜率先做好，帮厨们完成了自己的工作，率先开了席。可人们都不动筷，纷纷盯着此时还空空如也的主厨们的餐桌。所有人都知道，今晚真正的珍馐佳肴，一会儿都会摆在那张桌子上。

第一个走出厨房入席的是孙百川，紧接着，传菜的小伙端着一碗晶莹剔透的开水白菜摆到桌上。人们纷纷走上前来观看，只见菜心皎洁如玉，汤汁亮如琥珀，隔着几米都能闻见香味浓郁的鸡汤味。

“知味轩赠菜，四川名菜，国宴精品，开水白菜！”吴德礼站在主桌的传菜口，对四周高声喊道。

掌声响起，孙百川站起身微笑着向四周鞠躬回应，随后才又坐了下去。

接着出来的，是俏江南的主厨彭伟，他边走边脱去了厨师长的衣服，接过徒弟递上来的茶，派头十足地站在桌边，等待传菜员上菜。

“俏江南赠菜，淮扬名菜，黄金斩肉，蟹粉狮子头！”

看见自己的狮子头稳稳当当落在了桌面上，彭伟才和大家点了点头，心满意足地坐了下来。

“丰泽园赠菜，山东名菜，百叶花刀，糖醋鲤鱼。”

张浩川指着桌上的鲤鱼说：“吴老板也是内行，这本是道家常菜，要命就要命在这刀工上，刀工决定了鲤鱼炸出来的造型，这道鲁菜，鱼身必须活起来，前鼓后撅，哈哈哈，这叫鲤鱼跳龙门。”

随着四周的掌声和叫好声，聚福楼、碧春园、徽香园等几家大酒楼的厨子依次走出后厨，来到主桌的座位上。桌上陆陆续续摆满了各系的代表名菜，徽菜的火腿炖甲鱼、江苏名菜南京咸水鸭、湘菜的潇湘猪手等等。可几位大厨和帮厨们一样，也不动筷，紧紧地盯着不远处的传菜口，那里面还有两个人没有出来，一个是庆华楼的主厨刘三江，另一个就是溪城近来风头正盛的酒楼珍海楼的主厨，李泊文。

六

“珍海楼赠菜，闽菜极品，福寿双全，至尊佛跳墙！”

十位传菜员每人端着一个精致的托盘缓缓地从传菜处走

了出来，李泊文摘掉手套和帽子，气定神闲，看了看众人说："今天是祖师爷詹王忌日，也是溪城同行们交流集会的日子，珍海楼第一次参加，自然不能寒酸。之所以今天来迟了些，实在是这味佛跳墙的食材众多，耗时费力，不说这顶级的参、鲍、翅，就是些鸭胗、排骨、蹄筋、冬笋也不敢怠慢，所以在珍海楼多耽搁了些时候，请各位海涵。"李泊文抱拳，极尽炫耀又不失礼数。

"虽然开业不久，可早就听闻珍海楼有位高厨，菜品地道，手艺绝佳，今日这佛跳墙可是诚意满满啊！"俏江南主厨彭伟恭维道。

"前辈见笑了，我哪算什么高厨啊，这溪城第一味的牌子此刻正挂在咱们头顶，万不敢承这'高'字，自吹自擂，还是味道上分个高低见个分晓，再看看头上这溪城第一味的牌子挂不挂得住啊。开句玩笑话，吴老板别当真啊，哈哈哈哈。"

"溪城第一味"，各家酒楼早就对这个名号虎视眈眈。没想到今天李泊文竟然公然挑衅，周围有人嘁嘁喳喳地开始小声议论，更有甚者直接跟着起了哄，嗷嗷地叫了起来。

庆华楼老板吴德礼面色尴尬，只能勉强保持微笑，不卑不亢地说："挂不挂得住，咱们谁说了也不算，还是等刘师傅做好这道菜，大家尝过才知道啊！"

"是啊，这刘师傅怎么还不出来，佛跳墙凉了可就不好吃了。”几位主厨看着身前的佛跳墙，有些迫不及待。

话音刚落，刘三江也从后厨走了出来。众人的目光一下子都落在了他的身后，可直到他走到席间，也不见菜品上来。

“大家别急，东西在炉上做着，待火候到了，自然就盛上来了。我怕众位久等，就先一步出来。咱们先开席，一会儿菜品凉了，就糟践东西了，今天可是一年一次的饕餮盛宴，尤其是珍海楼的这道至尊佛跳墙，我可不能扰了各位的食欲。咱们开席吃饭。”

李泊文张了张嘴，最终还是把话咽了回去，有些不满地落座在席，冷着脸一言不发。帮厨们回到自己的酒席上，拿起筷子开动。主厨们虽有些失望，却也不计较，都率先揭开食盅的盖子，品尝李泊文这道极品至尊佛跳墙。

“啊！简直是人间美味啊！”吃了第一口，丰泽园的张浩川就忍不住夸赞道。

“这道菜我也吃过几次，可能做到把几十种原料煨于一坛，既有共同的荤味，又保持各自的特色，吃起来软嫩柔润，浓郁荤香，荤而不腻，互为渗透，味中有味，实在是仅有今晚这一盅。”碧春园的师傅也赞不绝口。

“酝启荤香飘四邻，佛闻弃禅跳墙来。此言不虚！此言不虚啊！”

李泊文原本板着的脸，渐渐被众人的褒奖融化开来。他挑衅地看了看也在低头吃菜的刘三江说："刘主厨，您看我这道佛跳墙可够味啊！"

"够味，确实是少有的极品。"刘三江放下汤匙说道。

"能让溪城第一味的刘大厨夸奖，晚辈真是受宠若惊，只是还不知道您今晚给大家带来一道什么菜。最后动手的是咱俩，我这工序复杂的佛跳墙，也只找了两个徒弟配合，可我看见，方才里里外外帮您忙活的徒弟，可是有四个人啊，难不成您这道菜，比我这佛跳墙更为烦琐复杂吗？"

李泊文的话刚说完，桌上的其他人都停下来，满脸惊讶地看向李泊文："四个徒弟？"

"是啊，不信你问问刘主厨。"

"老刘，往常连洗个菜都亲力亲为，今天这是怎么个情况，居然带了四个徒弟帮厨？"张浩川不解地问。

刘三江摇了摇头，笑着说："那可不是我徒弟，那四位是我庆华楼东南西北四家分店各自的厨师长。"

"啊？什么？五个厨师长做一道菜？"大家都觉得事有蹊跷。

李泊文此时也大为惊讶，张着嘴不可思议地看向刘三江，半晌都说不出话来。

"术业有专攻，虽然我是掌勺的，今天这道菜，我一个人还真就做不成。"刘三江说。

"还有你刘一手一个人做不了的菜？"孙百川问。

“这道菜是本店立店之本——三仙堂。今年是庆华楼开业三十周年，我就想用这道菜招待各位。各位少安毋躁，就快出锅了。”

“三仙堂！原来真有这道菜？”邻桌的一位大厨听见“三仙堂”三个字，忍不住大声叫道。

是的，刘三江今晚做的这道菜，就是溪城传说许久，却少有人得见和品尝的传奇名菜，三仙堂。

七

“庆华楼赠菜，辽菜传奇，百无禁忌，三仙堂！”

所有人都随着声音看向传菜间，四位厨师长穿戴整齐，步调一致地从传菜间里走了出来。众人瞠目结舌地看着眼前的那幅山水巨画，带着锅气、泛着白色的浓雾的食雕，身上的鸡皮疙瘩瞬间布满全身，全都战栗在当场、目瞪口呆。

刘三江从容地在酒席间站了起来，腾开位置，那幅用色泽纯正的根、茎、叶、瓜、果等蔬菜雕刻的山水画，终于摆在了主厨们的桌上。缓了好一会儿神，人们这才看清，这食雕并非别处，正是横在溪城南方，鸟瞰整座城市的一座高山，青云山。

青萝卜和甘薯刻成怪石嶙峋的山体，各式蔬菜拼接成翠绿的森林、红苤蓝的花儿、黄瓜雕成的虫，蛋白糕制成的亭台楼阁隐立其中，一条仍然沸腾着的河流蜿蜒曲折，在驮着高山流水的巨大圆盘的底部，汇成一池仙气弥漫的湖水。

“百闻不如一见啊！刘师傅，这道菜就是三仙堂？”俏江南主厨彭伟感慨万千地说。

刘三江点了点头，又指了指四位分店的厨师长说：“先给大家介绍介绍，这四位分别是我们庆华楼东南西北城的厨师长，却并非都是如我一样的掌勺大厨。”

“不掌勺的厨师长？”众人疑惑。

“其实，咱们厨师界有个极大的误区，就是只有一厨才能做厨师长，但是庆华楼不是。先说这东城厨师长，原本是总店负责水台的一把手，是庆华楼的水爷。他负责宰杀各类动物、对水产品进行打鳞等初步加工，三仙堂这道菜的三味主要食材，细节繁多，就是由他来把关，做好第一道工序，保证了肉质的纯正和鲜美。”

刘三江的手向后，划到了另一位厨师长面前：“南城庆华楼，始终是五家店里最赚钱的店，这都仰仗这位管了一辈子砧板的老师傅。俗话说得好，生砧死锅，砧板是厨房的灵魂，不但要负责材料质量把关和采购材料的重要职责，还身负着各种材料切制和腌制的深加工。三仙堂的三种野味，全依仗着他才能除去异味，成为珍馐美食。”

南城厨师长谦虚地摇了摇头说：“还得是什王和荷王的功劳最大，我们俩无非就是做了些准备工作。”

“是啊，三仙堂是道工序烦琐的菜，我虽然站炉掌勺，可要是没有西城什王配合着蒸、炖，也万不能做出最地道的味道。”刘三江满是欣慰地看着什王，接着恭恭敬敬地给北城的老厨师长鞠了一躬，面向四周说道：“在场的各位都是行家，不说别的了，就这件食雕我敢说，整个溪城，没有人能做出第二份。老爷子今年已经七十挂零，眼不花手不抖，家有一老如有一宝，这庆华楼的荷王可难得显露一手，今天大家伙儿算是来着了！”

掌声雷动，庆华楼的老板吴德礼终于又露出久违的笑容，眯着双眼又偷偷瞧了瞧挂在酒楼正中那面墙上的“溪城第一味”，不由得满心欢喜。

八

李泊文也被眼前的景象惊呆了，可还是假装毫不在意地问：“刘师傅，这烧菜烹饪，讲究的是色、香、味俱全。这味三仙堂虽然造型别致，可直到现在，您也没把这主材露出来，总不能让我们吃这萝卜青菜吧？”

刘三江依旧满面春风，不急不恼地说：“看来李师傅有些心急了，我就不卖关子了，大家来尝尝，这道百无禁忌的三仙堂。”说着，刘三江从荷王的手中接过一把小刀，顺着甘薯刻成的山峰向下一划，半边山角瞬间被切掉，惊奇的是，划开的那块山石突然冒出热气，露出了里面镂空的好似山洞的凹槽，再往里看，几块粉嫩鲜红的肉窝在其中。

“恭请胡三太爷胡三太奶，成仙出洞！”刘三江放下刀具，单手做了个请的手势说，“三仙堂第一位仙家，乃是这青云山狐仙洞，赤火狐狸肉。”

“什么？狐狸肉？”孙百川原本准备夹肉的筷子赶忙放了下去，“你们吃吧，我可不敢动筷，这玩意儿有灵性，哪有人敢吃狐狸肉。”

“唔，好吃好吃，肉质鲜嫩，口感顺滑，一点儿狐狸的骚味都没有。老孙，你别那么迷信，这第一仙要是不吃，后面的两仙你就更不敢吃了。哈哈哈，大家快尝尝。”张浩川生冷不忌，早年间听师傅说过这道菜，可始终没有机会品尝，今日刘三江把它做了出来，早就不顾形象地大快朵颐了。

李泊文是粤菜闽菜的厨师，深知野味烹调的复杂性，他夹起一片狐狸肉小心翼翼地放进嘴里，慢慢咀嚼，正如张浩川所说，这肉简直叫人欲罢不能。狐狸肉在高汤里浸味许久，汤汁从肉的纹理中渗透出来，香味弥漫，占据了整个味蕾。

“恭请青云山柳云洞长仙爷，成仙出洞！”

“这第二仙，难不成是蛇肉？”孙百川睁大双眼，看着刘三江用汤匙从盘底的汤中，舀出的几块长条的红肉。

在溪城，蛇又称长虫，常被当作龙的化身，人们认为蛇有灵气，行动诡秘灵敏，法力比狐狸还要大，所以也被民间列为仙堂。

“正是。”刘三江看了眼李泊文，“都说广东人爱吃蛇，但大都是乌蛇，还请李师傅尝尝我们溪城的蛇，味道照比乌蛇，是好是赖。”

李泊文此时已经没了刚才的底气，讪笑道：“几位师傅手艺过人，想必是不比广东那边的差。”

几位大厨纷纷拿起筷子，伸向盘中的蛇肉。就连孙百川也忍不住口腹之欲，咬着牙夹了块最小的蛇肉放进嘴里。

“老刘啊老刘，今天我可是冒着大不敬吃了这道菜，日后你可得多去青云山烧香祭拜，给几位仙家赔个不是啊！”孙百川一边享受着美味，一边还不忘委托刘三江，为自己修福积德。屋里的人都笑了起来，一旁没有资格品尝这道三仙堂的小厨们撇着嘴嘀咕：“不敢吃就别吃，给咱们留几块尝尝鲜啊！”

见几位大厨都赞不绝口，刘三江总算长舒了一口气，想必这溪城第一味的招牌，没有在他手里砸了，如释重负地向老板吴德礼点了点头，接着说：“狐狸肉和蛇肉，或许也并不算稀奇，这最后一位仙家，恐怕在场各位，就当真没有吃过了。”

宴会厅里的人被刘三江的一席话引得全都围了过来，只见刘三江抄起手边的筷子，向着用蔬菜根茎制作成的茂密竹林，使劲一荡，藏匿在树林深处的块状肉纷纷显露出来。

“恭请青云山黄风洞黄大仙，成仙出洞！”

“妈呀，黄鼠狼肉！”一听黄鼠狼，人们立即想起那些民间传说，都说黄皮子极具灵性，亦正亦邪，极为记仇，轻易不能招惹。可今日这最后的野味，竟然是黄鼠狼的肉，众人瞠目结舌，一脸吃惊地看着刘三江。

最后一味肉吃完，李泊文已经惊讶到了极点，他万万没想到，刘三江今日的三仙堂分别是狐狸、蛇、黄鼠狼三种野味的肉，更让他难以置信的是，刘三江几人把狐狸肉的骚、蛇肉的腥、黄鼬的臭都处理得干干净净，不留痕迹。这等手艺，远不是自己的厨艺所能企及的，内心由衷地感到钦佩：“溪城第一味，果真名不虚传！在下佩服！实在是佩服！”

“刘一手，你这最后一手终于拿了出来，真是让人大开眼界啊！”

“是啊，几位帮厨师傅也是高手中的高手，难怪这溪城庆华楼，几十年都宾朋满座，生意兴隆！”

刘三江谦虚地和众人抱拳施礼：“众位同仁，虽然在下今日走了偏门，得到了各位的认可，但是溪城的厨界从古至今都是能人辈出，几位大师傅自然不必多说。即便是坐在下面的各位小师傅，也都不可小视，前途不可限量。今天是祖师爷忌日，不如咱们把祖师爷牌位请到大厅，大家一同给祖师爷磕上三个头，敬上三杯酒，请祖师爷保佑，溪城百姓安居乐业，溪城厨业蓬勃发展，大家觉得怎么样？”

“好，刘师傅说得对。”

“同意，请祖师爷牌位。”

刘三江被几位大厨簇拥着，来到后厨，轻手轻脚、恭恭敬敬地把祖师爷詹鼠的牌位请到了大厅，摆在了那块“溪城第一味”的牌匾之下。

几位大厨在前，身后跟着砧板、打荷、水台、上什、点心等众多助手和帮厨，无论男女老少，无论厨艺高低，此时全都老老实实地跪倒在地。

刘三江拉着李泊文跪在最前面，大声念道：“树无水枯也，人无食瘦也，酒席无厨餐饮萧条也。山至高，不容鸟兽，未知花草之艳；水至深，难留虾蟹，岂懂鱼水之欢。正所谓，衣至靓丽，素解民间疾苦；饿至极致，方知人间美味。民，以食为天！”

“民，以食为天！”

九

第二天一大早，还没等开张，庆华楼的五家分店就被食客围了个水泄不通。吴德礼把客人迎进酒楼，所有人都吵嚷着要吃那道溪城美味三仙堂。厨师们好说歹说，才把这道菜的复杂和昂贵解释个清楚，婉拒了客人们的要求。

从此，溪城庆华楼的买卖更加红火了，食客中流传出一句打油诗：

山河腾云起，野味尽煮沸。
庆华三仙堂，溪城第一味。

殡葬的江湖

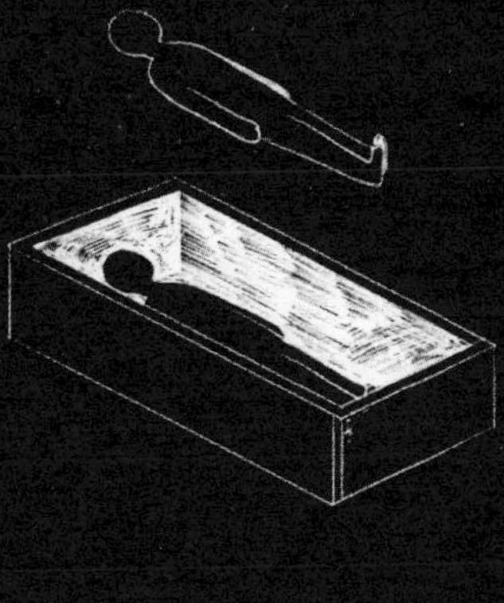

殡葬的江湖

•
•
•

一

谢彬来到医院的时候，病房里已经乱作一团。几个中年人围在屋子右侧的病床前，声嘶力竭地哭号着。他没有立即走上前去，因为床边的仪器显示，老人的生命体征还没有彻底消失。他示意徒弟赵小江拿着东西候在门口，自己转身走出病房，来到楼梯拐角处抽烟。

中心医院的肿瘤科在二十二楼，是住院处最高的楼层。溪城人都说，来到这里，就来到天堂了。因为良性肿瘤的病患都被安排在住院处七楼。只有恶性肿瘤，也就是人们常说的癌症患者，才被安排到顶楼。和旁人不同，谢彬很喜欢这里，站在吸烟处，可以安静地俯视整个溪城，少有人来打扰。而且，这里的每一个患者和家属，也都更坚强些，毕竟死亡之于他们，只是或早或晚的问题，他们更容易坦然地面对自己或者亲人的死去。

更加重要的是，他的大部分收入，都来自这里。

一根烟燃烧殆尽，谢彬不紧不慢地走回病房。徒弟小江很听话，规规矩矩地站在门口。但是如果有人仔细观察，就会发现，这个三十岁出头的小伙子表情肃穆，隐隐还带着一丝不易察觉的冷漠，和他死去的爹赵长青一样。谢彬总是在想，要不是因为那场事故，现在溪城白事江湖里，首屈一指的殡葬师，仍然是赵小江的父亲赵长青。

赵长青死后，谢彬就一直带着赵小江干白事。他对这个徒弟哪都满意，唯独这件事情，无论怎样教导，都收效甚微，他始终无法让徒弟对生命产生哪怕一丝敬畏。同行的朋友们都说，老赵家天生就是吃死人这碗饭的，赵小江的样子和他爹在世的时候一模一样。

谢彬叹了口气，对徒弟说：“进屋吧，这会儿，人应该没了。”

徒弟点点头，随着谢彬从容不迫地再度走向病床。几乎同时，老人停止了呼吸，没了心跳，谢彬拿捏的死亡时间分毫不差，这是他多年以来的经验，很多时候比医生还要准确。作为殡葬师，最忌讳在病人生命终末期提前到来。因为他们被称为“阳间的催命鬼”，提早接近会使病人减少寿命，招来黑白无常索命勾魂。所以干这行的首要条件，就是判断咽气时间，不能早也不能晚，必须得刚刚好。

“爸……爸，呜呜呜……爸！”

“各位亲属请不要把眼泪滴到死者身上，阳人的眼泪是阳气精华的聚集，滴到死者身上，会让已故亡人留恋眷属，不肯轮回。逝者已逝，请各位节哀。”谢彬提醒围在老人身边的儿女。

“谢师傅，您来了。”老人的大儿子忍着悲痛向他问好，正是他在几天前联系的谢彬。

“嗯，剩下的事交给我，你就放心吧。”谢彬握住男人的手安慰道。

“还是那句话，不怕花钱，要风光体面。我爸一辈子不易，养活我们五兄妹，临了，不能让人看笑话。”

儿女们互相搀扶着散开，谢彬看见了摊在床上骨瘦如柴的老人。癌症像盛开在老人身体里的蒲公英一样，从原发病灶随着血液飘洒到五脏六腑，最终产生恶病质，吸收减少，消耗增多，身体入不敷出，最终耗尽生命。大部分癌症患者临终消瘦到极致，老人也不例外。干瘪的躯干挂着黄褐色萎缩的四肢，瞳孔发散，嘴巴微张，胸前手术刀口赫然醒目，如同一棵满是伤疤、枯死的灌木。

“老人家，您有福气啊，孝子贤孙都来到身边给您养老

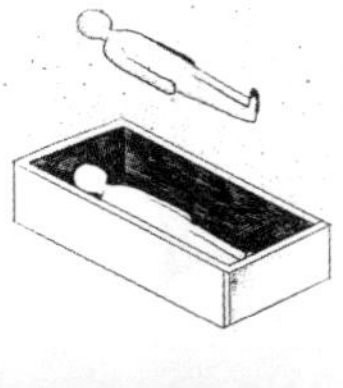

送终。您的儿女悲伤过度，委托我给您净身洗面，天堂门已开，弥留之际，如有得罪，请您海涵担待。”谢彬走到床头，对着死去的老人说道。

听谢彬说完，赵小江赶紧拿出包裹里的苫脸纸递了上去。一张轻薄透亮的黄表纸盖在了老人的脸上，谢彬盯着纸面许久，才吩咐家属随着徒弟去开水间打温水。

二

谢彬给死者净身的手艺独到，这是行内人都知晓的。一般人净身，褪去死者的衣物，用毛巾简单擦拭，没有明显的污迹就开始穿寿衣。可是他始终觉得，这是敷衍了事，是对生命的不尊重。谢彬净身，全程遮盖不露私处，极为体面。无论死者是男是女，岁数大小，在场的任何亲朋好友都能观看，不会觉得尴尬或者难堪。不只净身，从人死到火化，他总是能把所有细节安排得妥妥当当，庄严肃穆，规矩得体，又只收很少的钱，所以许多溪城百姓都愿意找谢彬，给死去的亲人料理丧事。

他先在老人身上盖了张特制的白纸，白纸上留出手脚和头部。让徒弟为死者修剪手脚的指甲，自己则仔细地为死者刮脸、修剪鼻毛、清理头发。随后才褪去老人的患者服，拿着毛巾把手伸进白纸里，轻轻地擦拭老人瘦骨嶙峋的身体。

“老人家您侧个身！”谢彬轻声说道。赵小江立即心领神会，和谢彬一人推肩膀一人推臀部，把死者身体侧立在床上，为他擦拭后背和肛门。此时家属已经停止了哭泣，默默地看着谢彬和赵小江的一举一动。

“您的子女孝顺，怕您路上受寒，给您备了棉衣。先穿这三领二腰，您走遍三山五岳，再套上这外衣外套，老话讲这叫七级浮屠。最后这风衣棉裤，五领四腰便是那九五至尊，愿您来世永享荣华富贵！”谢彬一边说着，一边拿起早已准备好的寿衣，轻手轻脚地给老人穿上。

寿衣穿好，赵小江从口袋里拎出头枕脚枕，谢彬先托着老人的头说：“头枕山，孙男娣女美名传。”又抬起了老者的双脚说：“脚蹬库，子孙后代辈辈富！”

“儿啊！”谢彬突然面色一沉，伸手指向身后老人的孩子，“在父亲床前跪下！”儿女们迅速跪倒在地。谢彬撤下遮掩尸体的白纸，老人身体再次出现的时候，已经和方才大不相同，衣服板板正正地穿在老人的身上，从上到下，连一丝褶皱都没有，而且多层寿衣包裹后的躯干，也不再干瘪，反而丰满了起来。

“一叩首，感谢父亲的生育之情。”儿女们在床前排成一行，磕头跪拜。

“二叩首，感谢父亲的养育之恩。三叩首，长子长孙

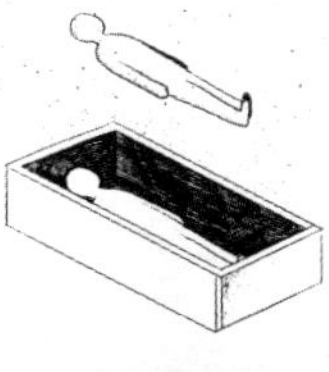

跪着向前一步走。”老人的儿子挪动膝盖，淌着眼泪蹭到了床边。

“跟我喊：爸，西南大路有三条，您走中间那一条！”

“爸，西南大路有三条，您走中间那一条！”

众人起身，谢彬扯掉盖在老人脸上的苫脸纸。老人的眼睛和嘴还微张着，他抬起左手顺着老人的额头向下一抹，眼睛便瞬间合上了。

“小江，拿最古的含口钱，让老人家路上不挨饿受穷。”谢彬用左手掐住老人微张的嘴，上下一动，在闭合的一刹那，刚好夹住赵小江送上来的开元通宝。

殡仪车的司机和抬尸人早已经在门口就位，谢彬擦了擦手：“一会儿家里说了算的跟我上车，其余的自行到殡仪馆去。”

三

车子驶入殡仪馆，谢彬叫赵小江领着家属去办理各项事务，自己却跑到三楼租下的房间里休息。因为他再次见家属之前的所有事情，都是不赚钱的。殡仪馆的花费，都有严格的规定和流程，除非必要，否则国家不会让死者家属多花一分钱。所以谢彬自从收了这个徒弟以后，就不再处理这些琐碎的小事，全都交给赵小江去打理。

“师傅，都妥了。105房间，后天上午8点25分出殡。”赵小江忙活了近一个小时才推门进屋，冲着躺在床上看电视的谢彬说道。

“歇会儿吧小江，也让家属缓缓乏，一会儿咱们再过去。”谢彬一边调换着电视频道，一边丢过一盒才开了封的软中华给徒弟。

赵小江接过烟没有点，坐到了谢彬的身边，面色拘谨，怯生生地看着沉浸在电视节目里的谢彬。

“怎么了小江？有啥事啊？”好一会儿，谢彬才注意到徒弟的反常，赶忙直起身子问。

赵小江神情紧张，犹豫不决，手里的中华烟被搓得嘎吱作响。谢彬没有孩子，赵小江从跟他学殡葬起就一直住在他家，爷俩感情很好，他自然也极为了解这个徒弟。

“小江，是不是想接这个活儿？”谢彬说。

赵小江被谢彬一言点破，不好意思地抿着嘴笑了，他避开谢彬的眼睛，侧着脸点了点头。

“怎么着，嫌钱少？”

“不是钱的事，师父，我就是想试试，看看自己成不成。”赵小江赶紧解释道。

谢彬拿过徒弟手中的烟，给自己点了一支：“你要是真想试试，你得答应师父一件事。”

“师父你说，我一定办到。”看谢彬同意自己接活儿，

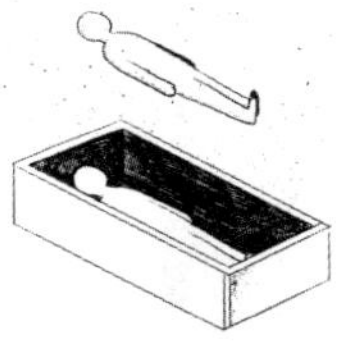

赵小江喜出望外。

“我对你就一个要求，待疏如待亲，待死如待生。”谢彬收起笑容，青色的烟雾后面，露出一副不容置疑的表情。

“待疏如待亲，待死如待生？”赵小江念叨着这句话。

“你想清楚，然后咱们下楼干活儿，一切都由你张罗，我给你查缺补漏打下手。”谢彬拍了拍徒弟的肩膀，叼着烟又躺在床上看起了电视。

四

来到殡仪馆105灵堂，家属已经全数到场。没有人再哭泣，都忙着打电话通知朋友报丧。大儿子看见谢彬二人，撂下电话赶忙迎了过来：“谢师傅，东西都准备妥当了，还有什么说道讲究，您只管吩咐。”

谢彬看了一眼身边的赵小江，对男人说道：“接下来的事，就让我徒弟给你们张罗，我方才算了算，老人家的八字和我犯冲，要是我接着发送老人，恐怕要生些不必要的事端。我是无所谓的，但是对子女后人不吉利啊。”

“啊，还有这个说法呢？可这兄弟是不是太年轻了……”男人有些迟疑。

谢彬笑了笑说：“行不行，事上见。况且不是说我就不管了，他在前面张罗，我在后面应承着。你就放心吧，保证体体面面地把事办了。”

话已至此，男人也不再多说，对赵小江点了点头：“那就辛苦这位小老弟了。”

“您放心！”赵小江回答得胸有成竹，干脆利落。

赵小江看了眼一旁沉默不语的谢彬，不再多说，径直走到地上叠放整齐的几十米白布旁，捏住一头向上一提，另一只手顺势掐住白布的中段，就招呼死者儿女过来戴孝。大儿子第一个走到近前，只见赵小江攥着白布的两头向他腰间一推，右手绕过男人的后背，在他左胯处翻了个花儿，两手一较劲，只听嘶的一声，白布就应声撕断。整个动作一气呵成，没有一点儿拖沓。

在场的所有人，包括谢彬都呆立在当场。他定了定神看向缠在男人腰间的孝带。死者为男，孝带左短右长；老伴健在，长短整差八寸。老人的二女儿不放心，走到大哥面前，用手托着赵小江刚刚绑好的孝带，拿早已准备好的尺子向上一搭，正好八寸，分毫不差。

赵小江也不理会，接着给第二个人扯孝带，儿女晚辈，不到两分钟，左侧腰间整整齐齐地都绑上孝带，荡在前面的白布，左短右长地相差八寸，无一失手。谢彬终于还是没能忍住，走到徒弟旁边小声说：“你爹的这点儿手艺，总算是没失传。”

赵小江笑而不语，谢彬也不再多说，拿了个板凳坐在屋

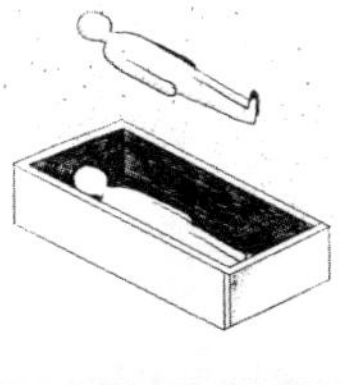

子的角落，静静地看着徒弟准备如何料理这场白事。

“大哥，孝带系好了，咱们该写灵幡了。提前打印好的那种要便宜一些，要是现场手写，虽然好看，可需要二百元笔墨钱，您看咱们家……”赵小江对老人的大儿子询问。

“你就放心地操办，我说了，别怕花钱。”说着，男人从手提包里拿出银行卡递给媳妇说，“你去先取一万，我这一下子有些蒙了，要不是兄弟提醒，这会儿，还想不起来钱的事，谢师傅和小老弟别挑理。”

“不急不急，老爷子的事大，钱的事小。”谢彬在一旁说道。

“那就麻烦嫂子了，一会儿亲戚朋友闻讯吊唁，咱们灵堂还没布置好，实在有失脸面。”赵小江却直截了当地打断了谢彬的话。大儿媳妇会意，披麻戴孝地走出灵堂，火急火燎地去银行取钱。

五

灵幡又称引魂幡、招魂幡，为亡人引路去西方极乐世界。不超过60岁在“故”字前加“世”字，60—70岁在“故”字前“耆”字，70—80岁在“故”字前写“耄”字，80—90岁在“故”字前写“期颐”二字。死者为男，赵小江问了名讳，便拿出笔墨在白色的灵幡中央刷刷点点，按照男单女双的字数写下“耄故显考黄公讳宝山之引魂幡”。

“咱家没用那种现成打印的引魂幡就对了，其实这灵幡上，每一个字每一句话都有讲究。就比方说这前面的飘带，要按‘生旺墓绝’四字念下去，最后一个字，必须落在‘生’字上。这叫男占生女占旺，你们读读看，是不是占在这个生字上了。”赵小江边写边解释，最后把灵幡高高举过头顶，挂在了灵堂门口，大家才看见那几笔刚劲有力、端庄肃穆的字：

金童前引路乘龙东去；
玉女送西方驾鹤西游。

“师父，帮我递一下凳子。”赵小江突然招呼帮忙，把谢彬从回忆中惊醒。眼前的赵小江，让他想起了那个曾经名震溪城的殡葬师，曾几何时，自己就像现在这样，站在赵长青的身后，老老实实地给他打下手。

“好。”谢彬起身，拿着屁股下的塑料板凳走了过去。

赵小江踩在凳子上，用糨糊高高地贴了两条白纸，又提笔为死者书写挽联。此时，赵小江所展示出的才能已经把在场的所有人都折服了。儿女们纷纷走到门口，想看看这个年纪不大的小伙子，会给自己的老父亲，写出怎样的一副挽联。

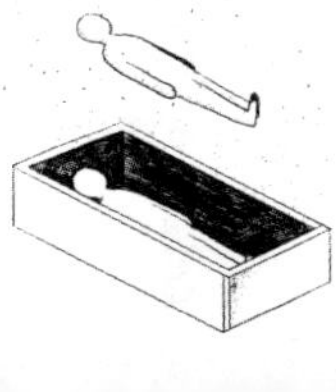

赵小江低头沉思了一会儿，又望了望躺在冰柜里安详入眠的老人，猛地抬起头，摇晃手臂写道：

精神不灭风范永固，寿终德望在；
岁越七旬含笑九泉，身去音容存。

不等大家反应，赵小江几步便走到停尸的冰柜面前，俯首贴在封存尸体的玻璃上，悲哀地说道：“老人家，您精神不灭，风范永存，可黄泉路上无老少，阴曹地府人情薄，此刻要给您送上那三斤六两买路财，您打赏途中拦路鬼，再给您送上三尺六寸打狗棒，您棒喝前方恶狗村。”说着，赵小江从包裹里取出一根蜡做的黄色小棍，打开冰柜，塞进老人的左手，又拿来几摞纸钱，塞到了尸体的身下。

“虽然老人家已经西去，可这会儿还在阴阳两界中间的路上，所以，一日三餐，照送不误，灵位香火，终日长明，屋子里面，至少要有一人守灵，前来吊唁的亲朋好友，他们磕头行礼，你们磕头回礼，他们鞠躬行礼，你们依旧磕头回礼，以示尊敬，以表家风。”

话音刚落，第一批前来吊唁的人就到了，原本阴森清冷的停灵房间顷刻间噪声一片，心情刚平静下来停止哭泣的儿女们，见了亲人和朋友，又哭号起来。谢彬留住了老人的大儿子，继续和他们布置灵堂，其余的人都退到外屋，不得惊扰死者。

赵小江问老人的儿子："灵柩的四周，还没有布置，咱们一切从简，还是稍微有些场面，毕竟还是有不少宾朋，要走上前来瞻仰遗容，过于简单恐怕叫人议论。"

"两位师傅，你们觉得怎么合适？"

"其实，这死人后要花的钱，都是给活人看的，简单点儿也没什么。"谢彬向来不主张白事铺张浪费，就在一旁说道。

"是啊，要是咱们家里不那么富裕，人已经走了，也没必要考虑那么多，一不忌百不忌。不过，要是家里不差那三万两万的，老父亲一生辛劳，养活这么一大家子儿女，儿女尽一些孝心，也是理所应当的。这就看你们的孝心了。"赵小江一边摇头叹息，一边望着躺在冰柜里的老人说。

老人的儿子听完赵小江的话，眼圈又湿润了，连忙说："我老父亲这一辈子节俭，这次让他享受享受。二位多多受累，给布置得漂亮讲究点儿，我也就只能尽这最后一次孝心了。"

站在一旁的谢彬哑然无声，微微皱眉瞧着故作悲伤的徒弟。这个场景，他既感到如此熟悉，又觉得无比陌生。赵小江的父亲曾经就是这样，三两句话，就领着不想花钱的家属重新陷入悲痛当中，然后心甘情愿地花钱办事。

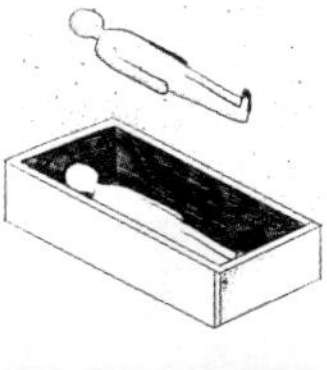

六

“师父，今天这灵堂布置得怎么样？还行吗？”回到房间，赵小江迫不及待地问谢彬。

谢彬对徒弟说：“那徒手扯孝带，即兴写挽联的手段，比你爹也毫不逊色。就不知道那最绝的一手你练得怎么样了？”

“您就瞧好吧，出殡那天，我让您瞧瞧这最后一招！”

“好啊，好多年没见有人能把纸钱抛得那么高了！可是孩子啊，咱们是不是跟人家要了太多钱了，钱可不是这么赚的啊！”

赵小江不解地说道：“师父，咱们干这行不就为了赚钱吗？你看看你，总是舍不得多要钱，不然以你的名号，一年随随便便也得挣个百八十万。”

谢彬阴着脸，从包里拿出那张刚刚结算完的账单，放到赵小江的床上，说：“赚钱我不反对，但必须有个度。你布置个灵堂，就要了人家八千。”

“灵柩四周的花，是鲜花不是假绢花；供桌上面的饭菜，是厨子列了菜单，做完送上来的；插电的长明灯，我改成特制蜡烛，能烧一整晚；连殡仪馆的哀乐，我都找音响师给他们改成了《薤露》《蒿里》；遗像发给专业的公司修图，灵牌是上好的紫檀木。我只要了八千，难道还多吗？！”赵小江没有看那张纸，不以为然地看着谢彬。

“咱们赚死人钱，不是什么正经的勾当。钱花在死人身上，置办寿衣，净身化妆，可以说尊重死者。可钱花在活人面子上，繁文缛节，要求排场，那就是欺骗家属。咱不能这么坑人，等出殡的时候，适当减减吧，听师父的。”谢彬说。

赵小江没有应声，阴着脸走进卫生间洗漱，既不说行，也不说不行。谢彬好几次欲言又止，叹了口气终究没有再说什么。他从不过多地训斥赵小江，殡葬行里的师徒，大都为师为父，视徒如子。可赵小江又不仅是自己的徒弟和孩子，更是他多年前欠下的一笔还不完的债。

殡仪馆的休息房间在三楼，楼下两层均是大小不一、排列密集的停灵间。关掉灯，谢彬点了烟靠在床头，一旁的徒弟堵着气背对着他，在另一张床上睡去。已经是深夜了，谢彬依旧没有睡意，听着哀乐从门缝隐约地传进来，断断续续熟悉的旋律中夹杂着悲痛的哭声，他又一次想起了自己的搭档和朋友，赵小江的父亲赵长青。

七

他们两个最后一次搭档，是料理一位当地有名的黑老大的后事。那位老大在家中突然猝死，民警看着这个为害一方

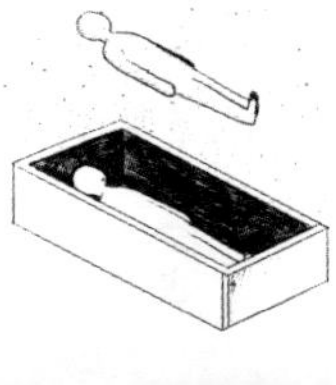

的祸根终于得到报应，迅速开具了死亡证明，并没有仔细检查。民警走后，小弟们从殡仪馆强行把谢彬和赵长青拽了过去，为他们老大处理后事。从净身开始，那些面容凶狠的煞神就冷着脸盯着他们俩，谢彬和赵长青生怕出了纰漏遭到毒打，所以整个过程，他们都异常地小心谨慎，谢彬还记得，自己额头上的汗珠聚集一处，把胸前的衣襟都润湿了一片。

好不容易套上了寿衣，把死人运到了殡仪馆。可就在为死者化妆的时候，躺在床上的黑老大，突然倒吸了一大口气，活了过来。这时谢彬才猛地想起来，刚才因为过于紧张，他忘了在死者脸上贴上一张苫脸纸。外行人不懂，以为脸上盖上一张纸，是为了防止家人看见死去的亲人，过度悲伤。其实不然。那张轻薄的黄表纸，是为了替殡葬师试探死者的鼻息和湿气的。因为质地轻薄，哪怕有一丝气息，苫脸纸都会被呼吸吹得上下起伏，即便是平缓均匀地用嘴呼吸，也会因为口中的湿气把纸打湿。

黑老大虽然还没有完全醒来，可呼吸已经有逐渐平缓的趋势。遗容间里此刻只有他和赵长青两个人，他盯着赵长青，吓得双腿打颤："长青，他好像没死透，活了。"

屋子里安静得只剩下那个人时而短促时而绵长的呼吸。江湖上都传说，这人手上有多条命案，所以一旦此人彻底醒过来，就是他们的末日了。他虽然不能把开具死亡证明的警察怎么样，却可以迁怒于给他穿上死人衣服的谢彬二人。一旦他报复，谢彬和赵长青根本无力抵抗，轻则卸胳膊剁腿，重则家破人亡。

赵长青和谢彬一样，面色铁青，双眼通红地瞪着即将醒来的“煞星”。时间一分一秒地过去，死者的面色已经渐渐有些血色，谢彬张着嘴，吃力地小声嘶吼：“这可咋整啊！”

“彬子，不能让他活过来！”赵长青突然平静了下来。

“你还能给他弄死吗？这都有气儿了！”

“彬子，我媳妇死了，儿子还没结婚，不能受我牵连。我不能让他活过来，绝对不能。”

谢彬好像明白了赵长青的意思，呆愣愣看着他从化妆台上取了一把剪刀，轻轻地解开黑老大的上衣，使前胸的部位裸露在外面。一手捂着他的口鼻，一手用剪刀瞄着心脏。

“长青，别啊！你这是杀人！求你了，别啊！”谢彬几乎被吓瘫，靠着一旁的墙壁捂着脸哭泣。

一声巨响，放在床上的化妆盒都被赵长青奋力的一捅震得掉在地上。黑老大只是急促地小声叫了一声，蹬了几下腿，就彻底死了过去。此刻谢彬已经彻底站不起来了，蹲在地上缩成一团。

“彬子，不用你上手，如果事情露馅了，都是我一个人的事，你照顾好我儿子。”赵长青颤抖着拔出剪刀，眼泪无声地流了下来，这一剪刀仿佛没有要了黑老大的命，而

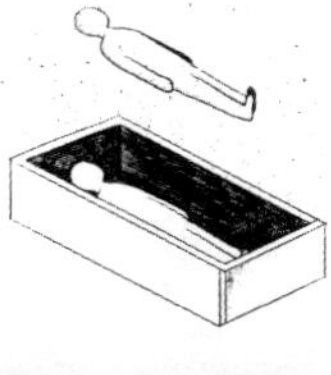

是瞬间把赵长青的生命取走了。

缝合已经来不及了，赵长青用大力胶胡乱地粘住伤口，拼命擦拭鲜血，勉强把不停涌出鲜血的伤口封闭。此时血液已经染红了他的全身，他像个血人一样站在化妆台前，有条不紊地接着为死者化妆理发，更换寿衣，足足忙活了一小时，才让谢彬把人推到停灵的房间，自己留下继续处理烂摊子。

事情终究没有败露，可赵长青再也不干殡葬一行了。对外人，赵长青总是说，儿子已经大了，怕耽误孩子找对象，自己这一行很多家庭都忌讳。只有谢彬知道，从那件事以后，赵长青每晚都不能入眠，每天靠大量的酒精麻痹自己，醉生梦死地说些疯话，变得性情古怪，喜怒无常。

这种日子一直持续了很久，终于在三年前的一个夜晚，赵长青给自己穿上件崭新的寿衣，从溪城最高的写字楼顶上跳了下去，永别了人间。

从那天起，谢彬就发誓，永远不在死人身上赚昧心钱。赵长青还别人的债，一命抵一命，还得潇洒痛快；自己还他的债，就只能老老实实为死者料理后事，赚些辛苦钱照顾赵小江。

八

“辽宁省溪城市居民黄宝山，生于1944年7月13日16时，卒于2017年3月18日11时，享阳寿73岁。阳寿告终，西归天堂，随身携带一切物品、行李、金银财宝、衣服盈箱，恳求土地，转告城隍发给路引，西行顺利，沿途关卡渡口、津河桥梁、强神恶鬼，如有勒索，禀告城隍，律有明条，法有定章，各宜谨遵，勿视言妄，须至路引者，一律放行。”赵小江站在灵柩的前头，对着男左女右跪在灵堂两侧的老人的子女们高颂道。

谢彬依旧站在徒弟的身旁，却再也没有劝赵小江减少收费。他发现只要一站到死者身边，赵小江就好像变了个人一样，一举一动都像极了他死去的父亲。谢彬已经想好了，从此以后，就让孩子继承衣钵。而他自己，就好好帮他赚钱，帮他在溪城打出个名号，也算告慰死去的朋友赵长青。

赵小江推开冷藏尸体的罩子，夹起插在祭台上倒头供饭中间缠着棉花的那支筷子，蘸了蘸供在桌子上的白酒，递给老人的大儿子说：“我说什么，你就跟着我念什么，我说到哪儿，你就用棉花擦哪儿，明白了吗？”

男人点头，攥着筷子，规规矩矩地站在灵柩一旁。

“开眼光，观明堂。”

“开眼光，观明堂。”老人的儿子一边跟着念，一边

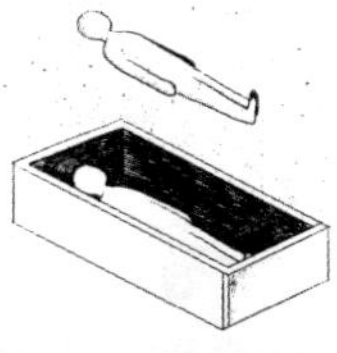

小心翼翼地为父亲擦拭眼睛。

“开鼻光，闻供香。”

“开鼻光，闻供香。”

“开嘴光，吃牛羊。开耳光，听八方。开心光，亮堂堂。开手光，抓钱粮。开脚光，上天堂。”

为死者开了光，抬重的六个人已经戴上手套围在了灵柩的四周，等待赵小江的号令。

“一叩首，送亡人逍遥西去。”在场的小辈都跪了下来，为老人磕头。

赵小江接着喊：“二叩首，送亡人路上得安。”

“爸……你别走！呜……呜呜，爸！”

“姥爷！呜呜呜……”

“三叩首，送亡人成仙得道。起灵，出发！”他没有理会满屋的哭号，立即示意抬重的六人把死者运送到灵车上，即刻前往火化场。

谢彬随着徒弟在前引领，死者被装进车里，赵小江叫老人的大儿子跪在灵车前，把阴阳盆高高举过头顶，又让老人的大孙子挑起那支经由他手写的引魂幡。

“摔得越响越好！”

只听“啪啦”一声，阴阳盆被摔得四散分裂，瓦盆在地上炸裂的声音响彻四周。灵车随即启动，赵小江拽着把手顺势一带，就坐到了副驾驶的位置，长子长孙抱着遗像和引魂幡坐在后排，谢彬没有上灵车，而是上了紧随灵车，装着花圈等物的货车上。

车队缓缓移动，驶出了殡仪馆。再有一会儿，尸体就被火化，亲朋好友随着本家奔向酒店，吃一顿白事宴席。过不了几天，老人的名字将很少被提及，一生无论辉煌灿烂还是籍籍无名，都将消失在岁月的长河里。谢彬越年长，越觉得天道绝情，越觉得人世无常。

忽然，外面好像飘起了大片的雪花，定睛一看，才发现前方灵车的天窗里，由下至上抛出成团的纸钱，原本分离的纸钱好像粘在一起，在上升的过程中缓慢开散，一直到十几米的高度终于绽放开来，如同一朵一朵白色的菊花彻底绽放在空中。随后，花瓣四散飘落，菊花霎时又成了白色的烟火，随着清风每一片都不粘连，片片分开地缓慢降落在前行的路上。

“彬子，你就跟着哥混，保准你不吃亏，哈哈哈哈。”十几年前，谢彬刚刚入行的时候，同样是殡葬新人的赵长青拍着谢彬的肩膀，嬉皮笑脸地说。

“我凭啥跟你混啊！”

“我有绝活啊，我跟你对脾气，只要咱们配合，肯定在这溪城殡葬的江湖里混出一番名堂。”赵长青突然一脸认真。

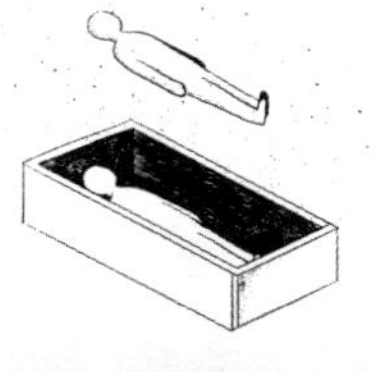

“什么绝活？你说说看！”谢彬看着眼前这个和自己年龄相仿的男人，笑着问道。

“以后你就知道了，先不告诉你！哈哈哈，走，喝酒去！”

“那我先看看你酒量。”

“好啊。”

想着想着，谢彬的眼睛湿润了，虽然自己是殡葬师，却并不知晓，人死以后，是否真的有阴曹地府，真的有转世投胎。如果有的话，那个一脸戏谑又一脸认真的男人，会不会在天上望着赵小江料理的这场白事，会不会在天上怒骂自己没有管好孩子，让他赚了不该赚的钱。

“谢师傅，这小子纸钱怎么能抛得那么高那么散呢！跟下雪似的！太神了！您是怎么教的？”司机一脸惊讶地问坐在旁边的谢彬。

谢彬擦了擦眼角的泪水，欣慰地笑着说：“他可不光是我的徒弟，还是溪城殡葬界传奇人物赵长青的后人，溪城老赵家，就是这阳间亡魂的引路人啊！”

“我记得当时赵长青就有三门绝活，您知道是哪三招吗？”

“扯孝带，写魂幡，纸钱抛起三丈三，若问亡魂何处去，赵家引你上灵山！”

嫌犯的江湖

嫌犯的江湖

•
•
•

一

这两天，孙晋有些心不在焉。他总是一个人直愣愣地在办公桌后面发呆，一坐就是一整天。所里的事情已经不再通知他了，同事们见到他，也不说工作上的事，都是些恭维和安慰的话，这让孙晋很不痛快，而这种不痛快，却又无处排解。他只能整天默默地待在办公室里，一会儿翻翻相片，一会儿摸摸锦旗，眼泪顺着眼角淌下来，也想不起来擦拭，仍旧呆立在满墙的荣誉前，想着过往的峥嵘岁月。

电话铃声骤然响起，孙晋被刺耳的铃声惊醒，赶忙跑过去拿起电话："喂，哪位？"

“我刘长利。老所长，听说你要退了啊。”电话一头响起市公安局副局长刘长利的声音。

“是啊，这周末就是正日子，材料都报上去了，就等着交接呢。”

“一晃这都多少年了，也该歇歇了。为老百姓服务了一辈子，也该为家里服务了，帮老伴干干家务，给儿子接接孩子，也挺好，你说是不？”

孙晋叹了口气：“家里有啥可服务的，你少在这儿安慰我了，我能想开，请领导放心。”

“哈哈哈，老所长，我看你这语气啊，还是想不开。其实今天打电话，是我个人有个不情之请，你乐意就乐意，不乐意就拉倒，决不强求。”刘长利苦笑着说。

“啥事，我都土埋半截子了，还能干吗？”孙晋自嘲道。

“这不，警校来了一批实习生，都是一群二十啷当岁的孩子，我合计着让你给他们做一次报告，提前打个预防针，让他们知道知道一线干警的艰辛。”刘长利说。

“我哪会那个，你让我逮个小偷，抓个外逃犯还行，你市局那么多能人，可别寒碜我了。”孙晋想都没想，脑袋就晃得跟拨浪鼓似的。

刘长利依旧不死心，对孙晋说：“你这些年怎么干工作的，就怎么告诉他们，没有底稿、没有导向，随便谈谈就行。不管怎么说，也给咱们后来人留下点宝贵经验啊！这么多年，你可没掉过链子，这点儿事都不敢应承了？”

“得，还使上激将法了。现在你是我领导啦，有指示我敢不照办吗？说吧，什么时候啊？”

“会议室下周一有空，就得劳烦老所长退休以后，多站一天岗了，哈哈哈！”

放下电话，孙晋陷入沉思。虽然接了刘长利的招，可他心里还是犯难。他并不知道如何教这些年轻人做一个好警察，甚至他都不知道，自己究竟算不算一个好警察。

二

孙晋走进会议室，刘长利和几位市局领导立即迎了上来，交替着和这位刚刚退休的老民警握手。孙晋记得，上一次被这样拥戴，还是几年前他立个人二等功的时候。那时候，他从来没想过会脱下这身警服，退休离他特别遥远。他觉得工作永远干不完，坏人也永远抓不净。儿子一天天长大，成家立业，老伴一天天衰老，头发花白，自己却几十年如一日，没日没夜地工作，好像只有他的日子，是怎么都过不完的。

“老所长啊，你可是最有资历的老警察了，今天不为别的，就希望你用这些年的从警经验，为咱们溪城的公安系

统，培养几个好苗子。”刘长利攥着孙晋的手没有松开，另一只手伏在他的后背上，从门口一步一步推着孙晋走上了会议室的台上。

“我说我不来，你非赶鸭子上架，一会儿我要是说得不好，你可得帮我打圆场啊。”孙晋苦笑着说。

“你想说啥说啥，没有什么好不好的，就是和这帮小子闲聊天，别有负担。”刘长利把孙晋让到台上坐下，自己却退了下去，站在台下对等待多时的实习生们说：“你们听着，今天我费了好大的劲，才给你们请来孙老。在溪城，战斗在一线的民警里，提起孙晋，没有一个不竖大拇指，孙所长管辖的平安区，连续十年都是全市治安最好的辖区。”

话音刚落，台下响起雷鸣般的掌声。孙晋坐在台上，双手交叉着放在桌子上，既不抬手敬礼，也不起身鞠躬，只是眯着眼睛望着台下的三十几个年轻人，轻轻点了点头。

掌声停止，刘长利走到后面，和局里的同事们依次坐下，满脸期待地看着台上的孙晋。不只刘长利，他们当中几个人，大都是从孙晋的所里调出来的。刘长利看着昔日的老所长，仿佛又回到多年前，那会儿，他和前面坐着的年轻人一样，自以为是。因为一次失误，他跟丢了一个流窜犯，回到所里，孙晋踩着凳子，指着他的鼻子破口大骂，足足损了他几十分钟。那时候孙晋三十多岁，是最年轻的派出所所长，他上对市局，下对民警，向来趾高气扬，说一不二。虽然工作上一直名列前茅，可因为他的脾气，始终没有被提拔，一直在那个位置上坐到今天，黯然退休。

会议室里鸦雀无声，孙晋把话筒正了正，终于开了腔："大家好，我是孙晋，今天受刘局长的委托，来和各位即将步入警察系统的同事聊聊天。我昨天已经退休了，之所以今天还坐在这里，是承蒙局里的领导厚爱，认为我这个老头子，在工作上，还是有一些小办法的。今天咱们不记笔记，不写会后感想，想到哪儿说哪儿，你们想听什么，我就聊什么。刘局长和几位领导，你们觉得，这样行吗？"

"行啊，老所长，咱们不是说好了吗，你想说啥，就说啥，我们决不干涉。"刘长利在后排大声地喊道。

"好，既然刘局长点头了，咱们就随便点儿。你们这些小伙子，别正襟危坐的，放松点，愿意抽烟就给点上。"

实习生哄笑一片，顿时放松了下来。还不等别人点烟，孙晋就自己把香烟点着，从桌子下面拿出烟灰缸，一手夹烟，一手端着烟灰缸，从报告桌后面走了出来。笑声戛然而止，台下的人都瞪大了眼睛，他们没想到，孙晋刚才说的，并不是玩笑话。

政治处的小刘惊慌地看着刘长利说："刘局，这咋整？"

"咋整？赶紧把大门锁上，窗帘拉上，别让外人看见。"刘长利心思缜密，很快对眼前的状况做了反应。再看向演讲台上，早已不见了孙晋的踪影，他叼着烟慢慢悠悠地晃步出来，靠在讲台的边沿上，一脸坏笑地问面前的警校学生："我先问问你们，警察的职责是什么？"

"预防、侦查和制止违法犯罪活动，维护社会治安秩序，制止危害社会治安秩序的行为……"坐在第一排一位白白净净的男生一本正经地回答。

孙晋摆了摆手："停，我不听那些书本上的，你们从内心感受，警察应该是干吗的？"

"惩恶扬善，锄强扶弱。"

"你说的那是侠客。"学生们又笑了起来。

"为人民服务的。"

孙晋点了点头，说："这才说到点子上。说白了，警察就是为老百姓干事的！所以，你们不要以为当了警察，就有多威风，要时时刻刻记住，咱们自己也是老百姓，别他妈穿着这身警服出去和老百姓装犊子，明白这点，我的话才能接着聊下去。"

刘长利浑身一颤，冷汗顺着后脊背就淌了下来。他有些局促不安，隐约感觉到，这次报告会并不如自己想象的那样简单。可事已至此，他也不好上前制止，只能祈祷这位和犯罪分子打了一辈子交道的老所长，不要说出什么骇人听闻、政治错误的话来。

三

“给你们讲一个人吧，这个人是我从穿上这身警服，一直到脱掉这身警服，始终都没有处理掉的一名犯罪分子。说出来你们别不信，以后你们其中有些人，或许也会碰见他。”

孙晋的声音降了下去，台下的学生也安静下来，台上台下只有孙晋略显苍老的声音，缓慢而又清晰。刘长利的汗却没有散去，不过他总算知道，孙晋要说的是什么事情，是什么人了。

“他叫梁军，是个除了好事不干，什么都干的主儿。我记得第一次遇见他时，他正在电车上扒窃。他扒窃的手法很高明，眼睛也毒辣，从一上电车就四处张望，很快就确定了目标。我站在不远处的窗户前，紧紧地盯着他的一举一动。那年月，人们的防盗意识不强，没有网上支付，没有信用卡，钱财都在身上。梁军刀片一落，很快就割开了一个男人的皮包，顺着车辆一摇晃，钱夹就到了他的手里。说实话，整个过程只有十几秒，手法娴熟，一看就是惯犯。”说到这儿，孙晋停下来，问台下的人，“这时候，你们会怎么做？”

“上去按住他，然后带走。”一名男生说。

“对，我就是这样做的。我紧赶两步，一把架住了他的胳膊，然后喊道，‘警察，不准动。’”孙晋说，“电车上的人自觉地让出一片空地，让我搜他的身。他很配合，却一直不承认自己偷了人家的钱包。直到快要把他扒光的时候，那个钱包却在不远处一位乘客的脚底下出现了，连同一个锋利的刀片，老老实实地躺在那里。这时候，怎么办？”孙晋盯着刚才搭话的男生问。

“他把钱包转移了，但是可以查他的指纹，证明就是他拿的。”男生理所当然地说。

孙晋笑了，摇摇头看着他说：“如果一个普通盗窃都要验指纹的话，我们也不用干别的了。警力是有限的，资源也是有限的，不说那时候，就是现在，也没有人为了一起普通的扒窃案去检验指纹。况且，不是所有的钱包都表面光滑，适合指纹查验。”

“那怎么办呢？”台下学生没辙了，你看我我看你，最终看回台上的孙晋。

孙晋无奈地说：“物归原主，提醒乘客接受教训，皮包坏了的那位自认倒霉。到站下车，我对嫌疑人进行简单的批评教育，就把人放了。”

台下一片哗然，在他们的常识里，坏人是一定要被惩治的，从来没听说过明明犯了罪，却没有被绳之以法的事情。刘长利和几位老警察在后排笑了起来，这些新兵蛋子的天真，仿佛让他们看见了年轻时候的自己，理想、无知、充满正义，却幼稚可笑。

孙晋咳嗽一声，示意安静，继续说：“我看见他扒窃，但是没有人赃俱获，他不承认，我也没辙。万一我看错了，或者有意陷害他呢？当然了，这种事情，现在已经很少发生了，这是咱们的进步，只要拍摄仪器记录下犯罪全过程，不就随时可以逮捕了吗？”

“这还不算什么。从那以后的几年里，我还是抓到过他几次的，人赃俱获，不由得他不承认。”孙晋说。

“这下就可以老账新账一起算了。”

“你当是私人恩怨吗，老账新账的，要有证据，记录在案的才算。”孙晋正色训斥那个愣小子，“你要记着，就事论事，不要戴着有色眼镜看待每一个人。你不能因为他是惯犯，就假定这个事就是他做的。咱们很多民警就是这样，总是先入为主，坏人永远是坏人，这是不对的。”

“知道了，谢谢孙老师提醒。”学生低下头，惭愧地说道。

旁边的同学恰到好处地来打圆场：“孙老，那之后你把他收拾了没啊？”

孙晋也不真生气，听见有人问，又打开话匣子：“哪有那么容易啊，俗话说得好，道高一尺魔高一丈。梁军这小子，心狠手辣，那一次，可把我给吓坏了。”

台上的孙晋讲着，台下的刘长利听着。梁军的那次事件，震惊整个溪城警界，成了一根导火索，把原本简单的问题复杂了一层又一层，给警察处理犯人带来了无数闻所未闻的障碍。

“那一次，我正在审讯他，叫他一五一十地交代犯罪事实。他双手戴着手铐，坐在我面前矢口否认，说自己也不知道为什么钱包跑到自己兜里去了。”

学生们哄堂大笑：“哈哈哈，这有点胡搅蛮缠了。”

孙晋也跟着乐：“是啊，原本我也觉得可笑。可是……”孙晋忽然严肃了起来：“可是我万万没想到，就在我起身倒水的一瞬间，他用手铐砸碎了我办公桌台上的玻璃罩子。”

“啊？”

“我当时也傻了，还没听说过在警察局敢袭警的，同事们听到声音纷纷跑了过来，第一个就是你们的大领导，刘长利刘局长。”

学生们都转过头看后排的刘长利，刘长利摇了摇头回话：“是啊，那次可把我吓坏了，就差开枪了，哈哈哈哈。”

“不过，让大家没有想到的是，梁军并没有袭警，也没想逃脱。”孙晋继续说，“他做了一个比这两个都让人难以置信的事。”

学生们的注意力再一次被吸引回台上。

“他拿起掉落在台上的玻璃碴子，塞进嘴里，咽了下去。”

“我X，这货太拼了。自残啊！”

“是的，就是自残！一个普通的偷窃案件，扒手在警局吞玻璃自残，两块玻璃咽进肚子里，嘴里一直往外冒血，那会儿我已经算是个老警察了，可还是没有遇见过如此恐怖的事情。”

“那怎么办啊，赶紧送医院啊！”

“急救车很快就来了，我们把手铐打开，帮着医生把他抬进车里送到急救中心，我为他挂号，推着他拍X光片。其实我非常怕，同时也非常愧疚，如果玻璃划开他的内脏，有个三长两短，必须承认，我是有责任的。”

台下的人紧张得大气都不敢出，在学校，没有人会给他们讲这些真实而又刺激的故事。他们随着孙晋描述的情节，时而害怕，时而愤怒，所有人都如同身临其境，自己好像就是满头大汗的孙晋，为一个扒手的自残，在医院里跑前跑后。

“结果呢，他怎么样了？”

“呵呵，结果！你们想都想不到，他竟然跑了，他带着肚子里的玻璃碴子，在我去窗口付钱的时候，站起身，跑了。”

四

在学生们的惊呼中，孙晋点起第二支烟。这一次，刘长利等人已经没有了之前的慌张，反倒取来了水，送到孙晋的手中。多年以来，这种自残的事件就频频发生，甚至愈演愈烈，警察和歹徒从原本清楚简单的关系，变得尖锐而复杂。

“你们不要觉得吃惊，梁军这个人，现在还不是活得好好的，知道为什么吗？因为办公桌上的玻璃比平常的玻璃要厚，棱角也不太锋利，他嘴里流出来的血迹，是舌头、嗓子里的，而不是内脏的血。”

“可总不能一直放在肚子里，总要……总要拉出来吧！”一个女生怯声问。

孙晋点点头：“是啊，这个问题一直困扰我很久，直到很久以后，才知道这其中的猫腻。据说，梁军这小子，在身上做了个类似直肠癌的手术，肠子从腹部的灶口弹出来，用他们行话说，这叫改道儿。社会上很多人，都做了这个手术，以后你们遇见，千万不要被他们吓到，但是要小心，他们往嘴里塞东西。比如，没有棱角的玻璃，放光了气的打火机，还有刀刃缠着塑料胶布的刀片，我告诉你们，这些东西在这群丧心病狂的人的肚子里，根本不会真的伤害他们的性命。”

众人这才恍然大悟，如果孙晋不说，他们还真的很容易被蒙住，最终像孙晋一样，既吓到了自己，又放跑了犯人。

“诸如此类自残的手法，还有很多。有的人在气管上插一根塑料管，冒充癌症患者博取同情和从轻处理，有人为了得到释放，挑断自己的脚筋，血肉横飞，有人装疯卖傻，有人装聋作哑。这都是他们的手段，让人防不胜防。”

“那咱们就不在乎这些，正常处理就是了，反正都是蒙人的把戏。或者直接带到医院鉴定，随后再进行处罚和收押。”

“你们可知道，这是要花钱的吗？警局也有警局的难处，这种花费，只能自己内部消化，一个两个一次两次或许还承担得起，可长久下去，这对局里，是很大的一笔开销。一个全身癌细胞扫描，需要一万元，可那个人可能只是盗窃了一部手机，或者诈骗了几个老太太，又或者是自己注射了海洛因。咱们的钱，是纳税人的钱，像你们这种花法，老百姓同不同意单说，就是上头，也决不会允许的。”孙晋说。

台下一下又陷入了混乱，刘长利面色尴尬，因为孙晋说出了自己内心想说而又不敢说的话。这种尴尬的局面，从他上班的第一天起，就频繁地出现在日常的工作当中。好比说想要送一个做了直肠手术的人到看守所，但是看守所不收，各个部门都不想惹麻烦，一旦出了事情，谁也不愿意承担后果。所以，一般的小事，只能拘留，罚款，释放。

“当然，后来梁军也受到了相应的处罚。咱们不聊这些血腥的，再说说梁军贩毒的事。我退休前最大的愿望就是把所有贩毒的人绳之以法，但是现在没有这个机会了。他们还在溪城的某个角落里逍遥法外，实在是气人啊！那是几年前的一天，我们接到联防队的举报，怀疑梁军在家中售卖毒品。当天，我就带着几个民警蹲点守在附近，准备一举捣毁这个藏毒窝点。”孙晋喝了口水，“那天晚上，我穿着便装，佯装在他家楼下的烧烤摊吃饭，就见他从家中出来，朝对面的胡同走去。”

学生们全神贯注，屏住气息，被孙晋再度带入了故事中。

“我站起身，和同事兵分两路，他负责堵胡同的后边，我在前面实施逮捕。梁军终于被我逮捕，并且在身上搜出了 5 克海洛因，同事也在不远处拿住了购买毒品的人，身上同样搜出了将近 5 克海洛因。你们猜梁军最终是如何处理的？”

“梁军，三到七年有期徒刑，并处罚金。”

“是的，按照他实际的犯罪事实，应该是这样的。可惜……”

“这难道还有疑问吗？这可是贩毒，不能跟小偷小摸比，再多一点儿，可以枪毙了。”

“先告诉你们处罚结果：梁军，非法持有毒品罪，情节较轻，处五日以下拘留或者500元以下罚款。和买他毒品的人一样，一同关了五天，每人交了500元罚款，就大大方方地离开了。”

“这不是胡乱处理吗！”一个学生站起身大喊。

孙晋抬起手压了压，示意大家不要急于愤怒：“我知道，你们都觉得匪夷所思。只是，这件事还就是真的，在警局的档案里，白纸黑字，你们都能查得到。首先，两人在交易的过程，也就是一手交钱一手交货的时候，我们并没有拍摄到，而根据双方口供，打死也不承认互相认识，这就没办法定梁军贩毒的罪。”

“那也是个非法持有毒品罪！”

“而且情节恶劣！”

“就是，再怎么也不能属于情节较轻！”

台下已经乱作一团，孙晋微笑着说：“两个人取样测验，身体里都有毒品含量，所以，在原本持有的克数上，要向下减一些，把他们用于吸食的毒品减掉，实际上，就达不到很高的量刑克数了。说到底，甚至都不构成犯罪，只是违反了《中华人民共和国治安管理处罚法》。所以，最终就是这个结果。”

“这不公平，这种人就应该按贩毒处理，尽快清除掉社会毒瘤，让他们永无翻身之日。”之前那个被孙晋批评的学

生还是不甘心，忘记了刚才的窘迫，再度发声。

孙晋这次没有立即反驳他，而是从边沿走回了讲台正中。他正了正台上的麦克风，推开开关，把掐灭的香烟连同烟缸一起放回桌下。

“还记得最开始咱们说的吗，警察是干吗的？”孙晋严肃的声音从四面八方的音响里传了出来，突如其来的讯问把大厅里的所有人都吓了一跳。

学生们赶紧恢复如初，迅速地齐声回答孙晋的问题：“为人民服务！”

“好，说到现在，你们对梁军这个人应该有个深刻的印象了。但是从始至终你们都没有认识到最重要的一点！”

台下鸦雀无声，刘长利也有些摸不着头脑，原本已经放松下来的心，此刻又被老前辈给生生提到了嗓子眼。

“那就是，他也是人民，也是老百姓，不能因为他是做坏事的人民，就不拿他当人民，就用比常人更重的量刑来处理他，不能用他以往的犯罪事实来揣测他，污蔑他，处理他！只能就事论事，直到国家不再赋予他人民的权利为止。”孙晋顿了顿，语重心长地说，“你们为人民服务，不仅仅是以打击犯罪分子为唯一手段，要告诫好人永远成为好人，更要教化坏人，不再成为坏人！这才是一名合格的人民警察。”

说完，孙晋直起身走到台前。已经六十岁高龄的他，身姿挺拔，威严庄重。他一脸刚毅地抬起了右手，向台下敬了一个标准军礼。

台下的人都愣在座位上说不出话，好一会儿，刘长利才反应过来，站起身带头鼓起了掌。一时间，掌声雷动，长久不衰，震彻了整栋公安局大楼。

算命的江湖

算命的江湖

•
•
•

一

上个月溪城三角地里来了位奇人。此人每逢天气晴好就在三角地摆下算命摊，不挂招子，也不报名号，逢人要是打听，便说自己在溪城还没能服众，不便细说。最让人惊奇的是，此人占卜神准，而且是个个都准，人人都灵。所以只要他的摊子摆开，人们就里三层外三层地把卦摊围个水泄不通，纷纷上前相面卜卦。而肖袁在街对面已经开了几年的命馆，门庭冷清，再不进人来了，这让他心里可有些不大痛快。

要说这三角地自古以来就是溪城跑江湖的聚集地，打从明清时期就与营口洼坑甸、奉天小河沿并称辽东三大处。三条街道自然围成的一块空地上，说书的、唱戏的、摆棋局的、变戏法的、打把式卖艺的、拉洋片儿的、卖眼药膏药牙疼药的、修脚剪头点痦子刮脸的，各门各派鱼龙混杂充斥其中。而江湖八大门的点金算命，自然也少不了出现在这里为人答疑解惑，指点迷津。虽说新中国成立以后，溪城政府响应中央破除旧思想、旧文化、旧风俗、旧习惯的“立四新破四旧”号召，一度把批斗大会的主会场建在此处，可依旧没能彻底改造三角地。“文革”刚一结束，全国各地的江湖艺人，就又上了街面，从北京天桥演到天津三不管，从奉天小河沿，一路向东，还得演到溪城三角地才算完。尽管数量和种类相对减少，但是老百姓对江湖玩意儿依旧抱有极大的热情。

肖袁的父亲，就是在这里，一卦一卦算命起的家。当年的肖一卦在溪城惊门之中是说一不二的“金把子”。惊门又处在八门之首，所以不管是疲门要门（卖假药的和乞丐），还是爵门册门（做套诈骗和摆仿古文玩的），有了纠纷闹了事情，都要先来问过肖一卦才可决断。可肖一卦却从不把自己的门道透露给儿子，江湖规律里，惊门从古至今也没有家传的，所以肖袁的能耐，不是父亲传的。肖一卦总是对儿子说：“我小时候，没有书读，只能拜了老帅（老师），学些半尖不腥（半真半假）的东西，走走江湖混口饭吃。你自小学的是算数、语文，怎么还掉了头走老路？再者说，且不论你这手艺能有多高，单讲些江湖规矩，你就应对不来。”

只是再瞒着，肖袁自小也总还是耳濡目染，家中来往宾客又皆是江湖中人，所以肖袁对“金、皮、彩、挂、平、团、调、柳”这些行当的兴趣早已超过了其他学问。他仗着耳聪目明，脑子灵光，偷偷读了些《奇门遁甲》《易经》《三命通会》《渊海子平》之类的术理书籍。没想到，他硬是自己把这卜卦算命的门槛给摸着了。入了些门道以后，肖袁便有意无意在父亲面前卖弄，时不时就念叨几句五行八卦歌诀，然后假装不动声色地继续做些别的事。

肖一卦知道儿子不死心，只好再把话说死，指着肖袁说：“你小子不要以为懂了点八岔子（奇门卦）就了不得了，老话说得好，一天卖得了十石假，十天也卖不了一石真。你便是懂些命理，也终究入不了这一门。腥中尖，赛神仙，只有这假里含真，才能把着簧（看出诉求），拿住点儿（拿到钱）。命是好算的？你爹我摆了一辈子金，但凡是每道杵都准了的，十之有九都是蒙的。爹给你点了门路，来年安安稳稳去溪城钢厂上个班，凭把子力气挣钱多踏实，张口饭，哪那么好吃！”

让肖一卦没想到的是，即便话已经说到如此地步，仍旧没能劝住肖袁走这江湖路。儿大不由爹，肖袁仅在钢厂上了三年班，就拿着积蓄在三角地的南侧租了间门市，背着父亲开了间肖家命馆。这一来可把已经收山的肖一卦气坏了，他站在三角地的当间，当着所有江湖朋友和溪城百姓的面，指着儿子的肖家命馆，足足骂了三天的街。

第四天的时候，全溪城的人都知道这间命馆是肖一卦儿子所开。而命馆的生意，反倒不用肖袁张罗半点，就兴隆四海，遍地生财了。

但肖袁心里清楚，虽然父亲给自己的生意卖了些老脸，可这惊门的手段，肖一卦直到最后也还是没传。

二

"张大爷，我这都半个月没开张了，您老人家总不能看着我饿死，好歹伸伸手，帮大侄子一把。"肖袁坐在装修古朴雅致的命馆里，对面前的老人哀求道。

张大川是风门里的老江湖，也是肖一卦多年的好友，无儿无女，日子过得潇洒风流。虽然一把年纪，身子骨却很硬朗，依旧活跃在江湖上，给人安宅看铺，下葬定墓。肖袁和他总还有些生意上的来往，又加上肖一卦的关系，他只好求张老爷子陪他去盘盘道（为难为难），撵走三角地新来的这位海青腿儿（无门无户，没师从学艺）。

"哈哈哈哈，饿死你也活该，你爹横挡竖拦也没劝住你，这会儿知道艰辛了。”张大川笑道。

“笑也笑了，损也损了，您老管我不管，倒是给句痛快话。”

张大川用茶盖撇了撇茶叶沫子，挑着眼睛对肖袁说：“最近都在外头跑，还真没注意来了这么一位。这么着吧，明儿周末，我有个墓要看，回来得晌午，你小崽子就踏踏实实蹲摊里等着吧，大爷陪你瞧瞧。”

“得嘞！有您老这句话，就该着我饿不死。”肖袁一拍桌子，喜形于色，“明儿让您侄媳妇给您包饺子，猪肉茴香馅怎么样？”

“跟你大爷别整那用不着的。咱们事先说好，这道盘不盘得下来，我可吃不准。真是一腥到底（纯粹的骗术）的东西，我倒还能把住脉，要是那腥中带尖的真玩意儿，必须得请你爹来。行行有门，门门有道，隔行如隔山，隔道见不着。”说完，老人吸溜一口茶水，招呼也不打，起身便走出了命馆。

肖袁心里的石头总算落下了一半，他收拾好茶具，哼着小曲，从祖师爷牌位下面抻出三炷香点燃供奉上，周文王姬昌的画像在悠然的青烟后侧着脸瞅着肖袁，仿佛也在安慰着自己的后生门人。他突然想给自己算上一卦，占卜占卜明日的吉凶，就拿出铜钱，攥在手里随意向茶几上一撒。

水雷屯！是个起始维艰的下下卦签。肖袁知道这个卦

异卦相叠，震为雷，喻动；坎为雨，喻险。亦动亦险，自然也就险象丛生。他不由得心头一紧，觉得明日欲谋之事，好似不像方才那么十拿九稳了。可事已至此，也由不得再退缩另谋他法，只望明日张老爷子凭着多年行走江湖的经验，能替自己把这道盘下来，一切就万事大吉了。肖袁自从开了命馆，和父亲就总是因为算卦的理念而拌嘴吵架。他不想因为这事，再去触肖一卦的霉头。

三

第二天晌午，张大川从门外风尘仆仆地走进屋的时候，肖袁已经在屋里焦躁不安地转了好几圈了。

“我刚才从那摊前路过，还真是不少人呢！走，咱们会会这位朋友去。”张大川放下手中的罗盘，脱下天师褂子，一转眼就成了寻常打扮的普通老人。

“那就瞧您的了。”肖袁语气里还是稍有不安。

“嗯，一会儿过去，你一句话别说，就在人堆里看大爷怎么对付他。”张大川拍拍胸脯，一副大包大揽的模样。

肖袁和张大川出了命馆就兵分两路，跨过街道很快就来到了那人的卦摊前。肖袁低着头，顺着缝隙，一点一点地挤进人群，而张大川则大模大样地拨开看热闹的围观群众，几步就来到圈子最前沿。

此时，算命的正念念有词地说着：“也许你不算，也许我不看，这里里外外几十上百人，也不是个个都有你的卦。就比如说这位老师傅，今儿还真就没有您的卦，但是许是明天，许是后天，这卦象就漏了出来。您身体欠安，瞧热闹也改日再来，算命的今儿不能不管不顾留您在这儿给捧场。”一边说着，一边朝人群中的一位老太太说道。

人们带着好奇与询问的眼神，侧过头顺着算命的手指看了过去。

“你怎么就瞧出我身体欠安呢？”老人皱着眉头，面露惊讶地说。

“既然没有您的卦，算命的眼下也就不能细说，要是我没说错，劳烦您移步走人，今儿您要是在这儿，就是我损了您的阳寿，这买卖我宁肯不做，收摊回家。”算命的站起身来抱拳施礼，微微地向老人鞠了个躬。

“大妈，既然算命的都说了，还是早点儿回家，一来，这身体重要，二来，也别挡了人家买卖。”

“是啊，大姨，这可不是马虎的事啊！”

周围的人纷纷好言相劝，老太太带着满脸的疑惑，三步一回头恋恋不舍地离开卦摊。人群里窸窸窣窣地开始有了议论，不时有人点头称赞，竖起大拇指。肖袁踮着脚看向站在不远处的张大川，发现张大川并没有表情，双手交叉抱着胳膊，若有所思地盯着坐在桌子后面的算命人。

“老太太走了，咱们该仔细说说了。别看咱们这场围着的人不多，内中的事可是不少。我用眼一看啊，内中有两人要找事做，但还没找着，还有一个，心里不大痛快，要和别人打官司上法庭。家里有病人那位，心里是最烦的，可犹犹豫豫的，将信将疑地不上前来。”算命的用目光扫视周围，每说到一人，眼神就在某处停留片刻，他接着说，“这几位，都是今天有卦的，除了那最后一位，其余的十块钱一卦，现在天头儿短，太阳往西边一歪斜，可就黑了天了，再要卜算，就得等再有您卦的时日了，三天五天是它，一年半载也是它，几位自己琢磨着办。”

四

“先生看看，今儿有我的卦没有？”张大川突然向前走了两步，一脸坏笑地看着算命的。

算命的抬起头，用眼睛由上至下仔细打量了张大川一遍说：“不好意思，没有您的卦。”

“我和方才走的那苍果（老太太）可不一样，您受累仔细再瞧一瞧，许就有了呢？”张大川提高了声音，虽然脸上的笑容不减，但是言语里夹杂着江湖春典（黑话），渗着几分来者不善的生硬。

“在下说没有，当真就是没有。”算命的听见张大川的黑话，嘴角抽搐了一下，不过很快就又恢复常态。

“好，既然先生说没有，那我也不为难先生。其实，我没事也乐意研究研究这命理面相的事，今儿请教请教先生如何？”张大川收起笑容，面沉似水地说。

“请教不敢当，您问便是。”算命的从桌子后面走到张大川面前，双手抱了个拳。

“合字哪一门？”张大川问。

“裆里藏块玉。（金字少一点儿，意味金门。）”

“点儿怎么没了？”

“麻子脸上多。”

“那你这是戗金的点儿啊？（你是相面的。）”

“也玩鸟端竹。(用鸟和竹子占卜。)前辈把合字怎么写？(你是哪一门？）”

“金里夹着风。（批八字看风水。）”

“上下挨不着，怎么来盘我的道？（阻碍我的买卖。）”

“搁念不拜相，老帅不在家。（吃开口饭不到本地拜会前辈，你老师没有教给你吗？）”

“道儿铺开了吗？（看明白我的骗术了吗？）”

“别急啊，先和你团团春。（说说行话，看看是不是江湖中人。）”

“那您接着望，象盘象？（江湖人互相尊称象法。）”

“隔一丈。（识破骗术，中间要隔开距离。）”

“得嘞。”

张大川和算命的对话，声音微小，除了他们自己，周围的人都难以听得真切。偶尔听见一两个字，也云里雾里地不知所以。不过肖袁明白，张大爷正在探这人的虚实，两人说的都是江湖黑话。如果不是江湖人，三言两语对方就会露出破绽。老话讲“能给十吊钱，不把艺来传；宁给一锭金，不给一句‘春’”，足以说明这行走江湖的黑话比那些技艺更为珍贵。

“万没想到，这溪城也是藏龙卧虎之地啊！方才这位老先生和我探讨了些五行八卦之法，竟然也颇有建树。诸位，今天不为别的，就为在异地他乡碰上同道中人，在下免费送上一相。乡亲父老作证，现在谁上前来，我分文不取，当着所有人的面给您相相面，说得准，您也不准赏钱，只当咱们有缘，交个朋友；说得差了分毫，在场的有一位算一位，几步走上来，砸了我的桌子，撕了我的褂子，在下这张脸迎着您的巴掌，绝无二话！”回了张大川的话，算命的没有返到座位上，反而走到场子当中，朝着围观的人大声说道。

话音刚落，人群就炸了，鼓掌的、叫好的，此起彼伏，一时间人声鼎沸，热闹非凡。算命的谦逊地向一旁的张大川笑了笑，转身回到相面的桌子后坐了下去，泰然自若，气定神闲。

不一会儿，一位中年妇女走进场中。肖袁眯着眼睛仔细打量着这位妇人，想从神态举止中瞧出这位是不是算命人的托儿。没等肖袁看出端倪，算命的就对刚落座的妇女说：“这位大姐，你先和大伙儿说清楚，咱们认得不认得。”

“咋能认得呢，我刚从市场买菜回来，不信你们看哪。”妇女放下手里的防雨绸口袋，里面鼓鼓囊囊地装着各式青菜。人群中有人说：“这大姐我认识，公交车上总能遇见，你是不是老坐 16 路汽车？”

“对，对，这溪城就这么大，都低头不见抬头见的，我可不能当托儿啊，哈哈哈。”大姐说完，周围的人都被这认真的大姐逗乐了。

“大家相信，那我就给这位大姐相一相。”算命的抬起右手冲着左右做个了下压的手势，人群慢慢安静下来以后，他才继续说，“这位大姐，要我说，你既不是来问婚姻伴侣，也不是来问父母寿数，我说得可对？”

“对了。”妇人也不多说，生怕被算命的抓住什么破绽。

“这面相看，你有一独子。”

“哎呀，神了，你咋知道我有个儿子！也说对了，还能瞧出什么？”

“呵呵，瞧出得太多了，要接着说，你今日心里惦念的事，不单是你这儿子，家里恐怕要续上香火了吧？”算命的笑了笑，胸有成竹地看着眼前的妇人。

妇人惊讶地张开嘴，呆愣愣地看着算命人，眼里都是震惊和崇拜。她回头向众人不住地点头，随着围观的掌声再度响起，才转过脸兴奋地说道：“先生，您说得真是分毫不差！您是神仙转世啊！求您快给看看，儿媳妇怀的是男孩还是女孩啊？”

算命的没有急于答话，从桌子下面拿出一条白纸，又抄起毛笔蘸了墨，在字条上刷刷点点写了几个字，折了个小方块递给妇人，说：“生男生女，皆是命中注定，今天您遇见我了，斗胆就透露给您。但毕竟还是自家私事，不好当众宣讲。索性也别麻烦到后棚私下再说，当着各位的面，把这个字条给您，这就回家去吧。待字条应验了，给在下送些喜糖来，也不枉我今日送这一个相。”

一番话说罢，在场的人无不拍手叫好，妇人站起身千恩万谢地给算命的作揖行礼，攥着纸条欢欢喜喜地走出场子，离开人群奔向家中。算命的收起笔墨，再度来到张大川面前说：“这位大哥，您看我这能耐，可还成么？”

“敢问先生尊姓大名？”

“都是江湖中人，姓甚名谁也不很重要。既然您没别的说的，那就后会有期。”算命的再度抱拳，留下面色难看的张大川立在当场，回过身子不再看他，又和围观的人有一搭没一搭地聊了起来。

五

“找你爹吧，这道我盘不下来。”回到肖家命馆，张大川像泄了气的皮球一样瘫坐在沙发上。

肖袁坐在一旁也唉声叹气，按理来说，看人的面相只能看出这人的脾气秉性、身体状况，硬是推论，也能把未来运势看个大概，但并不准确。可这人竟只从面相就看出那妇人心中之事，又看出有一独子，最惊奇的是，连儿媳妇即将临产也断了出来，这就有些玄而又玄了。如果那女人不是托，这个算命的，就真称得上是活神仙转世，太上老君下凡。

“张大爷，你说这人真的那么神吗？”肖袁不解地问。

“狗屁，都他妈是蒙人！唉，只是他道行太深，我虽行走江湖多年，但毕竟不是惊门中人，这其中的奥秘，恐怕溪城只有你爹肖一卦能洞察清明了。”

“非得找他？说实话，我真打怵跟他说命馆的事！他那脾气您是知道的，遇火就着，当初他不让我干这行，是我自己私下的主意，先斩后奏开了命馆。老爷子已经卖了面子，帮我亮了招牌，这事要再去找他，指不定得怎么窝囊我呢。”一提起肖一卦，肖袁更没了精神，又是摇头又是咧嘴，甚至接连打了几个寒颤。

“那你这买卖，估计也差不多该关张大吉了。你爹这老头也真是，到底是自家孩子，怎么就不肯多帮衬帮衬，这都什么年代了，还遵着老一辈的规矩，又有个啥用？！”张大川替肖袁抱不平。

“那哪成啊，一家子等着我养活呢。”肖袁忙说，“要不您跟我走一趟，我一人保准请不动那老顽固，帮人帮到底啊张大爷！”

张大川看肖袁的可怜模样，无奈地摇了摇头，叹着气说道：“那我就跟你去一趟吧，正好也有时候没去看老金把子了。”

“那我喊上我媳妇，带上饺子咱们一块儿过去。当着我老婆的面，他多少还能给我留点脸面，不骂得那么狠，哈哈哈哈。”

来到肖一卦家里的时候，天已经擦了黑。从肖袁成家以后，肖一卦就和老伴搬到城西边，每天听书看戏，养鱼喂鸟，再不插手江湖之事。

“爹，您看谁来了？”母亲刚打开门，肖袁就扯着嗓子朝屋里喊。

“喊个屁，我老合家的人来了，还用你吆喝吗？”肖一卦的声音从屋子里传出来，声音浑厚，中气十足。

“老金把子，你可是算到我要来啊？哈哈哈哈！”

“张疯子，你怎么跟这小子勾搭连环，越老越没出息。”肖一卦虽听见人来，却仍旧在阳台浇他的花，连头都没回。

“爹，我和张大爷是道上遇见的，你可不能冤枉人。”肖袁和母亲寒暄两句，就撇下陪着肖母说话的媳妇，跟着张大川走向阳台。

张大川摆了摆手，示意肖袁不要解释，对着肖一卦的后背接着说：“你个老东西，恭敬你两句你还上天了！我跟我侄儿亲近不亲近，那是你管的吗？赶紧让嫂子烫酒炒菜，你儿媳妇包了茴香馅饺子，咱们爷们喝一壶。”

肖一卦放下手中的水壶，缓缓转过身来，似笑非笑地看了一眼张大川，反而对肖袁说道：“知子莫若父，你小子没憋好屁，离老远我都闻着屁味了。”

“哪的话，爸，从你嘴里说出来，我怎么就那么不堪呢？”肖袁被父亲一句话就点破了，闹了个大红脸。

肖一卦一抬手，请张大川到客厅里坐，又招呼老伴和儿媳妇热饺子炒菜，才接着说：“还跟我在这儿撑着，你这屁啊，饺子屁塌锅的那么臭，茴香屁呛眼的那么臭，挂上淀粉勾点儿芡就是屎！”

“哈哈哈，你这嘴还是不饶人啊，肖袁你就是转世投胎的时候走岔了道，怎么摊上这么刻薄的爹！”张大川被肖一卦逗得捧腹大笑，指着肖袁也开起玩笑来。

“先说事儿还是先喝酒？”肖一卦也乐了，看了看肖袁，又瞅了瞅张大川。

“喝酒喝酒，事儿不着急说。”张大川说。

“你能沉得住气不？”肖一卦问肖袁。

“不至于啊爹，本来也没啥大事儿。听我张大爷的，喝酒。”肖袁说。

“那好啊，反正我一会儿喝多了，什么也记不得了，两眼一闭，爱怎么着怎么着。”肖一卦得意地笑。

“大侄儿，你别听他吓唬你，不能够，老金把子海量。”

不一会儿，四凉四热的小菜摆在桌上，女人盛了两碗饺子，转身进屋说娘们儿话去了。三人这才从沙发上起身，宾主落座来到桌上。

六

“这事我可不管，你自己的买卖自己撑不住，找你爹去以大欺小，算什么能耐！”还没等肖袁讲完，肖一卦就坚决地摆着手说。

肖袁一下子没了说辞，他早就知道，父亲是不会轻易出手帮忙，生生地把后头的话咽进肚子里，闷头喝酒。

“你先听孩子说完话行吗？”张大川急忙来打圆场。

“有啥可说的，不就是来了个海青腿儿，让我去帮他盘道嘛。我说得对不对，肖袁？”肖一卦沉着脸问肖袁。肖袁点了点头，不敢再说话了。

“我就不明白，自家的孩子外头挨了欺负，你这个当爹的怎么就不肯出个头？嫂子，肖袁是不是亲生的？我瞧着怎么有点儿像抱养的呢？”张大川夸张地向内屋吆喝，想拉拢肖母来帮自己儿子说话。肖母闻声，来到屋门口，张着嘴想说什么，最后还是没说出来，可当她和肖一卦目光相遇的时候，却用眼睛狠狠地剜了一眼肖一卦，以示埋怨和不满。

肖一卦毫不在意，咂着嘴对张大川说：“那破命馆关了更好，明天摘了招牌，卖点吃食，馄饨抻面，煎饼油条，贪个黑起个早，别吃这碗饭，再给我要个小孙子，那过的才叫安稳日子。跑江湖的都是没了饭辙才混几个子儿过活，打从开始，我就不赞同他摆金。”

“说那还有啥用，这不都开了张设了馆了吗？你也不能眼看着孩子这生意做不下去啊！”

“张疯子，你既然这么向着他，你去就是了，我反正是不管。”肖一卦还是不肯松口。

“唉，我要是能盘得下来，何苦让我大侄儿受你这老东西的为难，老哥哥，那是腥里藏尖的真玩意儿。”说着，张大川把自己如何团春，如何观象，妇女如何上前，算命的如何断相的事情原原本本给肖一卦说了一遍。

肖一卦皱着眉头仔仔细细地听完，沉吟许久，又问肖袁：“那纸条上写的什么你可看见了？”

“我离得近，那人也没有避我，我看见了。”张大川说。

“写的什么？”肖一卦问。

“生男不如生女，断的是个女孩。”

肖一卦扑哧一声乐了，指着张大川嘲笑道：“那是你给断的吧，人家可没说生男生女。”

肖袁在一旁疑惑地看着父亲，说：“这不挺明显吗？意思让那妇人别重男轻女，生个女孩也挺好的。”

“狗屁，就那张字条，生男生女都说得通。这是惊门里哑金的手段，你去拿纸笔过来。”肖一卦叫儿子去拿来纸笔，刷刷点点地也写下“生男不如生女”六个大字，然后说道，“字面上的意思，是断了个女孩，可要是生个男孩呢？”

“对啊，这就说不通了。”张大川盯着字条说。

只见肖一卦把手中的笔又提了起来，在“生男”的后面点了个逗号，六个字很快变成了“生男，不如生女”。

“爹，你抠完这小字眼，后面这四个字，不如生女，不就没法解释了吗？”肖袁问父亲。

“生男，说的是生了个男娃，你要来问，什么叫不如生女。只要你张嘴问，这头道杵（第一次要钱）就杵实诚了。他准告诉你，你家这男娃克父克母，本该是个女儿身，却只因前世的债还没讨完，心有不甘，所以变成个男娃，前来讨债。”

“哎哟！这个亏吃的，我真是糊涂啊。”肖一卦说完，张大川用手连拍自己的脑门。

肖袁此时也明白了那几个字只是些文字游戏。生男生女两头堵的技巧，其实自己偶尔也会含糊其辞，说些两头都能找补回来的废话，可面对算命人的手段，竟然愣是没看出来。

“不是糊涂，他要是没有之前那些准头，你们也不能上这个当，这人的高明之处，绝不在于最后这张字条。”肖一卦看二人懊悔不已，安慰二人说，“不服高人有罪，看来我还得舰着老脸出去会会他。”

“爹，您答应了！”肖袁见父亲终于肯帮忙，乐得脸上都开了花。

“我可不是冲着你，我是给我兄弟去找找场子。”肖一卦撇着嘴说。

“得嘞，这么多年了，还得是哥哥疼我。”张大川对肖袁使了使眼色，顺着肖一卦的话接了下去。

七

隔天清早，肖袁领着父亲和张大川来到三角地的算命摊上。算命的刚刚摆好桌椅，用架子在身后挂了个帐子，分出前棚后棚，不着急团黏（围拢人），闲庭信步地绕着场子晃悠起来。一会儿和身边剃头的聊会天，一会儿和对面卖

药的搭搭话。肖一卦看了看四周，几步就走进了算命的场子里，不等他反应，抬腿就把刚摆好的桌案踢翻。桌子倒地，在还未热闹起来的三角地上产生了巨大的声响，人们被突如其来的声音吸引，纷纷侧目观瞧。

“您这是？”算命的虽然也被惊了一下，可还是压着怒火，问肖一卦缘由。

“你这小子，不挂招子，不设馆子，撂地还敢使高案？我替你老帅教教你规矩。”说着，肖一卦又把桌子前后的椅子都一一踢倒。

“老金把子，您怎么有空来了？”有熟识肖一卦的老人，认出他来，赶忙小跑过来问好。

“闲着没事遛遛道，正看见同门后生，咱们不能不管着啊！自己家里头没了规矩也就罢了，出来摆金了，可不能让江湖人耻笑。你说对不对？”肖一卦话是对着来人说的，但是每字每句也都是说给那算命的听的。

“晚辈眼拙，有眼不识泰山，您老指点得对，我这就撤了它。”算命的此时看见肖一卦身后的肖袁和张大川，知道来者不善，却也不多言，恭恭敬敬地给肖一卦鞠了个躬，迅速把桌子椅子都收进后棚。

肖一卦见周围已经聚集了一些人，从怀里掏出一只铜迹斑驳的铜点，朝算命的扬了扬，问道：“这东西，认不认得？”

“啊？这是……这是金点儿？没想到前辈手里也有这一块响器，早就想拜会溪城金家把子，今日金把子亲自来见，晚辈愧不敢当啊！”看见惊门响器铜点，算命的有些慌神，因为这种东西，一城只有一个，都是在惊门有身份有资历的人才能得到的传承。

“认得就好，明人不说暗话，今天我就是来瞧瞧你这能耐的。要是坑蒙拐骗，违背门规，恐怕这溪城还真就由不得你来摆金，若是这能耐高明，造福百姓，这个铜点……”肖一卦用手驮着铜点，一翻腕子，铜点扣到地上，在三角地的广场上发出刺耳的响声，三颠两撞，正扣在场子中央。

“就当我送给你的见面礼了！”说完肖一卦便回到肖袁和张大川身旁，静静地看着场内。

算命的呆愣愣看着地下的铜点，他清楚这是江湖盘道的明规矩，又称“携家伙”。早年间，同行的艺人走进场子，见到生人行艺，便用自己手中的家伙（扇子、竹板、铁片儿），横放在场中或者桌上，然后立在一旁观瞧。如若此人的确没拜过师，不懂这些事，挪动了家伙，来人就把道具连同所挣的钱一并拿走，不准这说书的再说书了。如果此人懂得这个道道，就必须使出浑身解数，用能耐在同行面前挣到一席之地。除此之外，没有其他的办法。

“那我先谢谢前辈了。”算命的再度拱手施礼。

没了座椅，算命的只好站在场中央团黏，随手指点了一位想要抬腿离开的中年男人：“这位兄弟，哪年生人啊？”

那人刚想走，被这一问便给拴住了，回答说：“1942年生人。”

“壬午属马杨柳木，这个本人心有数。阳木多来清又闲，为人公平心最端；不取巧来不耍尖，不会弯转把心偏；任在直中取二百，不在弯中取八千；花说柳说你不会，吹五道六你更烦；交人不论贫与富，投心对意就喜欢；任吃顺情一顿饭，不抽逆理半支烟；惜老临贫心慈善，有占耿直在命间；我说此话你不信，为从说话照直端。”

算命的一边用左手拇指在其余的手指肚上来回指点，一边嘴里念念有词地分析着此人的性格秉性。因为这话中虽皆是好话，夸得又并不直白，被叫住的那人不住点头，满脸堆笑。一来二去，算命的连说了几人的命理，把人都拴在场边，不舍离去。

八

肖袁站在人群中，也随着算命人小声背命理歌诀，可头几句还能相符，越往后念肖袁越发现，自己和算命人嘴里说出的，并不是同一套词。肖一卦不屑地斜了他一眼说：“金木水火土，你书上看就是五套词。之所以跟你说的不一样，人家把五行又结合了阴阳，阴金阴木阴水阴火阴土，阳金阳木阳水阳火阳土。再分男分女，演化成二十套词，你就别丢人现眼了。”

“今天这围场当中，有位高人放下这铜点，要给晚辈指点一二。所以，在下还是免费送出一相，先到先得。过了这一半天，再没有这等好事了。所以列位，无论男女老少，也不管贫富贵贱，都可以上前一步，让在下观一观，瞧一瞧，说得准您给鼓个掌叫个好，当着父老乡亲面给算命的做个证明打个保票，要是说差了，瞧见场中这铜锣没有，您只需一脚踹开这铜锣，在下从今往后，再不来这三角地看一相占一卦。”算命人指着场地下扣着的铜点，对四周人群高声说道。

“算命的，你给我瞧一瞧怎么样？”一位老者缓缓走进场中。

算命的看了看老人，又带着询问的目光看向肖袁他们所在的方向。只见肖一卦点了点头，算命的才转过脸对老人说：“好说，既然大爷信得过我，就给您老好好瞧瞧。”

算命的绕着老人走了三圈，突然张嘴问道：“老爷子恐怕不是这溪城人吧，敢问祖上是哪儿人啊？”

“祖上在河北定兴县。”老人说。

“从这面相看啊，您也遭了几年罪，不过现如今却是享着福呢。”

“这话怎么讲呢？”老人不置可否地问道。

“您这脸上监察官，也就是您这双眼睛，含藏不露，瞳子端正，左眼龙宫泛着燥气，是为少年奔波疲命，右眼凤池含着仙露，是为老来得福。要是没看错，老先生此生跟水可有些渊源。”算命的盯着老人的眼睛说。

“那你说说，是怎么个渊源呢？”老人没有否定，但接着又问。

“恐怕老先生是在澡堂子，给人搓背修脚，也吃了不少苦头吧？”

老人身子一震，惊讶地看着算命人：“真是奇了！干我这行的这满溪城也过不去一千人，你怎么就瞧得出来呢？”随着老人的一声“奇了”，人群中有人喊道：“是不是托儿啊，搓澡的都能算出来，这太玄乎了。”

“放你娘的屁，我几十岁的人了，吃饱了撑的上街给人当托儿！”听见别人质疑，不等算命的解释，老者就回身咒骂起来。

算命的赶紧拦着两人，对老者和质疑的那位说：“权当赖我了，老爷子别生气，咱们诸位也别妄断人家，要觉得这里头有诈，您一瞧一乐就完了，一分钱没花，看个热闹怎么还捣乱呢。”

“还能看出什么？小伙子，咱不理他们。”人群再度安静下来，老人压了压怒火，接着问道。

“你家中是儿子，儿媳妇还给您生了个大孙子，这就是我方才说的享福啊。不是我恭维您，子孝孙贤，是莫大的福气啊。”算命的说。

“厉害！厉害！我活了这么大岁数，从来不信这算命卜卦的，没想到今天算是开了眼界了！”

“先别着急夸我，老人家，人的命好，不能全好，人的运坏，也不是常坏。这几年轮到您走几步好运，可也还要多留神。您命里水多，水多木盛，木盛就伤肝，这肝肾可得好生保养。不过，要算命的看，只要保养得当，再活二十年三十年可都没问题，保准能见到重孙子，四世同堂，享天伦之乐！”算命的满脸真诚地提醒老人。

“还真是，头些天看了大夫，也说我肝不太好。看来我真得好生保养，等着看我的重孙子，哈哈哈哈！”提到重孙子，老人喜上眉梢，脸上的皱纹都随着笑容挤到一起去了。

“不用说，我也知道，您心里唯一的担忧，就是孙子的学业，隔辈儿亲，说得一点儿也不假啊。”

“是啊，先生能给断一断，我孙子未来的前程吗？”

“百岁光阴似水流，四世同堂莫犯愁。儿孙自有儿孙福，莫与儿孙作远忧。”

送走了老者，算命的朝四周作了个揖，叹了口气说道：“各位，这第一算，就来个好运至极之人。唉，按我们这行的规矩，算了寿星老儿，再算都不好。今天，可决然不能再算了。各位海涵，虽然围场之中，有人心中还有那悬而未决的事，有些举棋不定的步，也只能请您多担待，等到明日再来，在下定当为您答疑解惑指点迷津。”说完，就自顾自地摘下了帐子，准备收摊走人，摆明了真不会再算。

围观的人意犹未尽，可见算命的再不开腔说话，也就慢慢地散去，到别处寻乐子看热闹去了，只有肖袁爷们儿三人没有离开。

“爹，这个道你盘得下来吗？”肖袁问父亲。

“傻小子，你爹跑江湖这么多年，哪有盘不下的道理！”张大川发现肖一卦的脸上表情凝重，赶紧先声夺人喝住了肖袁，怕他再惹老金把子不高兴。

肖一卦没有回答肖袁，只是面沉似水地问儿子：“你当真要吃惊门这碗饭？”

“嗯，打心里喜欢。”肖袁不明白父亲的意思，但还是坚定地说道。

“好吧，跟我过来。”肖一卦见四下已经没了人，只有算命的在围场中间收拾卦签桌椅，迈步走了上去。

九

算命的见肖一卦三人过来，也赶忙停下手中的活，毕恭毕敬地迎了过来。

“前辈，实在是献丑了。”

肖一卦冷笑了一声：“哼，你也不用谦虚过分，这金点十三簧的能耐，也不是谁都使得出来的！这每一簧每一点，我在旁边瞧得真切。”

“十三簧是啥？”肖袁和张大川异口同声地问。

见算命人低头不语，肖一卦便接着说：“首先使的是地理簧，溪城都是外来户，坐地就在这个地界的少之又少，那个念攒子（傻子）一来，说自己是河北定兴县人，这定兴县人来东北，大部分都干两样营生，一是下煤矿，二是澡堂子里搓澡修甲烧锅炉。再用水火簧观瞧此人的衣着打扮，体貌特征，发现此人手部发白，说明长期接触水。随后使探簧试探，说与水打交道。果不其然，探簧响了（得到肯定了）。算命的就根据之前的分析，断定这人在澡堂子里是搓澡修脚的。我说得对不对？”

“前辈说得是，这十三簧我只学了些皮毛，实在入不了高人的眼，让您见笑了。”算命的见肖一卦分析得分毫不差，只得点头称是。

“可你怎么知道他有一个儿子还有一个孙子呢，也太神了吧？”肖袁顾不得颜面，把心里的疑惑说了出来。

肖一卦这次没有再说话，静静地等着算命的自己说出其中端倪。算命的此刻也不装假了，叹了口气说：“我哪有什么神通，我见老头脚下穿的是一双学生穿剩下的篮球鞋，又见他顺眉含笑毫不拘束，想来没什么要紧的愁事，便推断他有个儿了和孙了。愿意捡孩子穿剩下的东西，一般都是爷爷。”

“那肝不好，五行水多木盛，不批八字你是怎么看出来的？”一旁的张大川也忍不住问道。

“你看人家就说了一句是不是托儿，他张嘴就骂，气大伤肝，这还用说吗？而且我就是提醒他，说着了就算捡个便宜，说不着也只是个建议。包括上次那个妇人，我也是靠这些，把住她的簧头的。今天没了外人，咱们就把话说破。女人当场算命，必然不能看姻缘，围场上那么多人呢，怎么好意思让人说自己家那点破事。同样，家里也肯定是个儿子，要是女儿，一来，嫁出去的女儿泼出去的水，不见得还惦记，二来，算闺女能算什么呢？女人总是婚姻那档子破事，都不是能当众说的。我又看她随身的兜子里，装了满满一袋子蔬菜水果和肉，正常两口之家，三天也吃不完，那就肯定是跟着儿子儿媳妇一起过日子，你想啊，让婆婆那么大岁数背这么一袋子菜，婆婆却面容含笑，满是欢喜，不是家中儿媳妇怀孕还能是什么美事？”算命的一口气把自己的实底都露了出来。

“肖袁，跪下！”算命的交代完，肖一卦突然说。

“啊？”肖袁被肖一卦给弄蒙了。

“你不是想吃这口饭吗？赶紧跪下拜师！”肖一卦不容分说，一把抓住肖袁的胳膊往地下按。

“使不得啊，前辈，您这是哪儿的话，要是这点拙技入不了您的法眼，我离开溪城便是，千万别为难我这小兄弟。”算命的诚惶诚恐地摆手说道。

张大川一下子明白肖一卦刚才问话的意思了，也在身后捅鼓肖袁：“你爹让你入门，你还等什么？眼前这是高人，你爹既然都没说二话，说明人家能耐不一般！”

“我这儿子，一心想吃这江湖饭，可你也知道，惊门不可家传。如今，孩子以后就托付给先生了，我没别的表示，那地上的铜点便是他的拜师礼，也请先生不要嫌弃。不过还请先生报出个名号，日后让孩子也有门有派有个师承。”

“这铜点是咱们惊门中人的脸面，怎会嫌弃呀！这位小兄弟要是真愿意，晚辈也不敢推辞。至于名号，现如今也不必瞒着前辈了，师出津门问心处，在下名叫赵传良。”

提起问心处，江湖之中如雷贯耳，据说它是北方惊门真正的发源地，当年仅派了个学艺半年的末徒，就在北京东安市场另起炉灶。如今赵传良报了号出来，三人无不惊愕万分，肖袁原本还有些不甘，此时双腿一软，带着声响，扑通一声跪了下去。

几天以后，肖家命馆突然摘了招牌，改名为问心处。

有人发现，曾经在三角地摆摊算命的赵传良竟然坐在命馆看相卜卦，原来的馆主肖袁却在他身后毕恭毕敬地站着。

更让人惊奇的是，在问心处的屋墙正中，悬挂着一行笔锋刚猛却难解其意的大字。

哪有君子不养艺人

虽然来往宾客不绝，却始终无一人能够看懂。

走镖的江湖

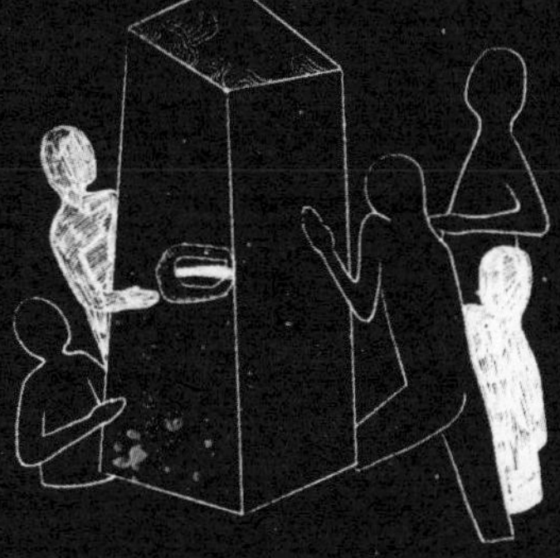

走镖的江湖

一

大雪将停未停，刺骨的寒风贴着山岭，把地上还未落实的雪花碾碎，雪粒兜头罩脸地砸在脸上，人们只觉得整张脸像被千百根钢针不断侵袭，时而风缓，瘙痒难耐，时而风急，万针钻心。

“再往前走，就是奉天城了。”大伙计扭过头，高声喊道。

杜百川骑着马，走在队伍的最后面，听到伙计的吆喝，他的右手下意识地攥了攥斜挎在腰间的短刀。刀把冰冷至极，凉意从手掌传至胸口，在他的身上四处游窜，久久不能散去。他定了定神，深吸了几口气，仿佛下了极大的决心，对着前面骑着马的几位镖师说道：“兄弟们，镇远镖局能不能在关外立得住万儿，就看这趟镖了。眼下要是有反悔的，拨马调头回去，哥哥说不了一个不字，只当兄弟在家替咱压场子。但是一旦出了溪城上了官道，遇上事了再腿肚子转筋往后撤的，别说我杜老三不顾师门脸面，第一个不答应你。”

“师哥，同门师兄弟，咱不说那个！”走在最右边的吕淳义说。

杜百川看了看其余几位，虽不搭话，却都义无反顾地迎着凛冽的风闷头向前走，丝毫不见悔意，这让杜百川心里感到无比欣慰。行走江湖最怕的不是前路凶险，而是身边没有得力的帮手和朋友。万幸，镇远镖局的几位镖师，都是跟着自己从小长大的同门师兄弟，手足情深，足以叫他有信心面对未来即将面对的麻烦。

“这头趟镖，不在赚多少，主要是给江湖人瞧瞧能耐，亮亮名号。赵老板把货交给咱们镖局，还是师父生前在山东救过他一命，攒了些人情薄面，不然这四车货，可不敢叫咱们送，更别说准许我们走一趟威武镖！大家一定不能辜负人家的信任，叫师父的在天之灵蒙羞。”

吕淳义接过话来：“师哥，你尽管放心，富贵险中求，道理大家都是懂的。只要这趟镖安全到了山东，咱们以后可就有接不完的买卖和银子了。兄弟们，闯江湖为的是啥，不就是不想过穷苦日子嘛。这一步险棋，好赖就是一哆嗦。我可是想好了，一到山东，立马就回乡下给爹妈孩子都接到溪城来享福。”

“哎，婆娘呢？”一旁的张策问。

“嗨，就不许换一房，逍遥快活几年吗？”吕淳义说。

众人都哄笑起来。

年纪最小的师弟李慕侠拽了拽缰绳，放慢速度，待到和杜百川齐头并进时，小声问道：“师哥，威武镖就真那么凶险吗？”

杜百川点了点头，他心里清楚，这十几年来，就算是江湖上数得着的几家大镖局，也仅仅敢走“仁义镖”：镖旗降下一半，敲着七星锣，踏着安稳步，谦虚谨慎，处处示好。前方开路的趟子手更是千百个小心，逢山遇岭，不等人马到，“合吾”二字先送了出去，表明和山贼强盗皆出同门，与江湖豪杰更是亲上加亲，夹着尾巴过路，绝不张扬跋扈。而威武镖只有多年以前，山西祁县武学大师戴二闾开办的广盛镖局走过一次。而这仅有的一次，戴二闾那么高的能耐，还是挂了彩，折了三条肋骨才保着镖没被截去。

毕竟中国武术博大精深，南北功夫纷乱复杂不一而足，没有谁能一个跟头不栽，也没有哪家拳种套路能应对所有技击招法立于不败之地。如今自己这队车马，前面高挑大

旗，大张旗鼓，丝毫不知避讳地高喊镖号，无疑是和整个武术界撕破脸皮，非得把所有江湖中人都送到刀把子跟前才算完。

“拳脚家伙都动真格的？”李慕侠接着问。

“当然了，你当这走镖是玩闹呢？遇见拦路盘道的还好，手底下留着性命，真要是碰上劫镖的土匪，快马长枪，出手就是伤人的招！你可多加小心！”

李慕侠不仅不怕，反倒开心起来：“太好了，正愁没人跟我真打呢！”少年英气的眼神里，满是跃跃欲试的期待。

“小六子，山外有山，人外有人，能耐大的人海了去了。”杜百川提醒道。

“那是小哥儿我没出道，哈哈哈哈。师哥，这一路，您就瞧我的就行了！”李慕侠越说越起劲儿。

杜百川突然想教训教训这个成天惦记着与人较量的小师弟，拿定主意，他抽出右手，手掌带着风声，猛地砸向李慕侠的后背。这一掌拍得虽然毫无征兆，可还是被李慕侠提早察觉。只见他向前一倾，身子紧紧贴在马背上，不动声色地躲过这一掌。杜百川一掌打空，并不收手，以掌变拳，顺势砸向伏在马背上的李慕侠，“招打吧你！”再次出拳以后，杜百川才觉下手有些重，此刻李慕侠已经半身躺在马上，毫无闪躲之处，一拳砸下去，师弟定要受伤，赶忙在空中顿了顿，把手上的力道卸下了几分，才再度落了下去。可就在这喘息之间，李慕侠伏着身子，用双腿狠狠地勒紧了马肚子，身下的白马会意，嗖的一下蹿了出去，竟然再次躲开了杜百川的攻击。

吕淳义几人听见“招打”便回头观瞧，恰好看见杜百川第二拳落空在马上栽歪一晃，顿时都给小师弟喊了声好：“好功夫！小六子，你这能耐可有长进！能毫无防备地躲过你师哥两下，不简单，不简单呐！”

“兔崽子，别人我都放心，只有你叫我不落底！师哥们打小就宠着你惯着你，才叫你无法无天目中无人。”杜百川指了指在一旁忍着笑的几个人，“不用你们笑，都是你们管教得好！这个好斗的性子，以后吃了大亏，有你们哭的。”

当他再次望向跑到远处的李慕侠，终究还是绷不住脸，缓缓露出了笑意。

那是多么俊美的一幕啊，一人一马顶着风雪急步前行。马是白马，马尾飘荡，犹如闪着银光的利刃，马身修长，浑身肌肉玉石雕刻，如狮如龙，神骏无比。而马上端坐的李慕侠，更是年轻有为，一双眼冷射寒星，两弯沾了白霜的眉粗狂刚劲，昂首挺胸，与此茫茫一片天地浑然一体，满是灵气。

其实，此刻的李慕侠，正是杜百川心里的英雄之像。若不是李慕侠年纪尚轻，经事太少，又争强斗狠，不够沉稳，他真想把这镖局镖旗上的杜字改成个李字，从此不问江

湖事，做个甩手掌柜，安心在镖局后院教徒授业，把师门发扬光大。

可眼下，师父已然西去，一众兄弟撇家舍业跟着自己来到关外，若不能张罗起个正经的营生，只怕其余几人早已上山当了土匪。或者作践自己这一身功夫，打把式卖艺，拆白现眼撩了地儿了。师父地下有灵，必要怪罪，有朝一日，自己到了下头，又有何颜面去面对师父。

想到这，杜百川暗下决心，不带着这帮弟兄在东北闯出个名堂，誓不罢休！

“伙计们，镖号吆喝起来！”

“以武会友，镇远无双，盗匪退让，我武唯扬！合——吾。”趟子手憋足了底气，齐声喊起威武镖号，顶着风传出老远。镖号传进山里，又钻出山外，一声撵着一声，一声盖着一声，好不威风痛快！

二

上了官道，小半天就可抵达奉天。时逢冬季，路上来往行人并不算多，可照比那山后压着山，岭里夹着岭的溪城，已然热闹许多。

“师哥，找家店住下吧！”张策见天色已晚，对杜百川说。

“嗯，城西有家老店，是赵掌柜一个表亲，临行前他还托我带了封信，说往返若是方便，就站一脚住下来，把信捎给客店老板。既然到这儿了，时候也刚好，不如就在他家凑合一宿。知根知底的，住着也安全。”杜百川说。

当杜百川拿着赵掌柜的信交给客店老板的时候，天已经擦了黑。老板和伙计引领众人来到后院，拴马上料，安排房间。

“杜老弟，就剩这四间房了，只得委屈几位达官爷挤一挤了！”老板有些歉意地说。

“不打紧的，反正就是一宿，一闭眼就天亮了。”杜百川说。

老板点点头，嘱咐伙计：“把炕好好烧着，热水坐上。”老板再度来到杜百川跟前，试探地问：“晚饭我叫人准备，还是……”

“不劳烦您了，我们自己张罗就好。”杜百川说。

“明白明白，那我就不叫人预备了，各位好好休息，明早好继续赶路。”说完，老板一拱手离开后院。

江湖上的人都清楚，走镖的镖师无论在哪儿住下，都自开炉灶，绝不吃店家或是别人的饭菜，怕的就是有人图谋不轨，下药劫镖。老板经营客店，南来北往的镖客接待多了，自然也了解其中的道理。

“张策，你和淳义四处溜达溜达，虽然是赵掌柜的亲

戚，可也不能马虎大意。”杜百川对二人说道。

“嗯，我俩这就去转转。”张策说。

张策和吕淳义扑打干净身上的积雪，拽了拽衣服，紧了紧腰带，又把沾了雪的家伙抻出来蹭了蹭水，便顺着后院开始，一间房一间房地查看起来。

杜百川则走出了后院，顺着墙沿绕着客店走了一圈，哪里有通向街上的路口，哪里有方便翻越的矮墙，都牢牢记在心里，才再次回到院里帮着伙计做饭。

李慕侠坐在镖车上，一边拍着镖箱，一边说：“师哥，咱们出了奉天该奔哪儿了，拉着这四个大家伙，啥时候能走到啊！”

“离开奉天，就奔营口。再过锦州，出山海关到昌黎、天津、沧州，就进了山东境了。快的话一个月，慢的话五十天。”杜百川说。

“那等再回到溪城，就到年关底下了。”李慕侠翻着眼睛，盘算着。

“是啊，回来了咱就过年。”杜百川说完，突然想起山东老家，想起年迈的母亲和老婆孩子，顿时有些伤感。

刚想和几位师弟感慨几句，张策和吕淳义探查完客栈走了回来：“师哥，屋里屋外，酒缸地炕，都看了个遍，没发现暗墙空箱。”

“住店的人都和老板打听了吗？”杜百川问。

“打听了，账上登着记，几个跑山货买卖的，比咱们先来半日，明儿一早也走。剩下几间房，都是些长住的客人。”张策说。

“行，过来吃饭吧！都听好了，晚上睡觉别睡太死，衣不离身，刀不离身，车马不离院，镖箱都搬到屋里去，一屋一个，都放在炕边。”虽然镖箱的钥匙在自己手上，箱子贴着封条，锁头严严实实地锁着，可杜百川依旧不太放心。毕竟他们挑着大旗在城里一路过来，实在有些招摇过市，只得再次嘱咐，保证镖箱万无一失。

三

北方的冬天，无论在哪里，夜里都是极静的。寒冷的天气把人们紧紧地关在屋里，按在热炕上，不肯出门，街头的猫狗也都各自寻了暖和的窝，懒得吵闹了。

杜百川身边的伙计们早已经鼾声大作。月光照着冰雪，隐隐地向屋里反射着银光。他突然又想起家乡的冬天，那可远比这关外的白山黑水温和得多，也漂亮得多。这个时节，家里的雪还不会太大，站不住也盖不实。小雪从天上打着转儿，轻飘飘往下落，白茫茫的山，透着未被覆盖的绿，绿里又缀着点点绯红，夕阳从山坡上投下，白色的冰雪微微露着点儿粉，淡淡染着层黄，就又是一片新颜新

色了。想着想着，他终于有些困意，上下眼皮慢慢合在一起，呼吸平稳，出入均匀。

半睡半醒之中，杜百川隐约听见窗外有些异响，声音不大，时轻时重，时缓时急。他屏住气息，仔细从四周的鼾声中寻找声音的来处。寻着寻着，声音就没了，四周只剩下伙计们的呼噜声，长短相间，此起彼伏。

或许是只野猫吧。

杜百川裹了裹被子，翻了个身正要再度睡去，那声音又若隐若现地传了进来。这次他听得真切，声音是在自己头顶，此时正一步一顿，快速地向旁边的房间移动。

夜行术种类繁多，但仍旧是轻身功夫的一种，所以功法大都属软功内壮。江湖上常见的夜行术，无论是飞檐走壁的走壁功，还是高来高去的跑墙功，就算失传已久的“仙人挂画”，也都得讲究个手、眼、腿、身协调统一，动作必须连贯，一气呵成，才能确保行动自如，不跌落墙下。但房顶之人所施展的，显然不属于常见的夜行术。他的声音不连贯，每一声的间隔又非常远，起身沉闷，落地厚重，不管怎么想，都应该是正儿八经的硬功夫。

杜百川所知的硬功夜行术，最符合这种情况的，就是出自少林的蜈蚣跳了。蜈蚣跳又名蛇形术，是少林七十二艺中奇门硬功，属阳刚之劲。先用两掌两脚压地，四肢撑住身体，肚子离地不高不矮刚好三寸，紧接着身体向上耸起，两掌猛力向下按，脚尖向后一撑，全身立刻凌空起来，向前跃出，在空中蹿出几米，落地时，再用手掌脚趾撑住，身子依旧丝毫不可沾地。据说，这蜈蚣跳练到极致，仅仅用两根手指两根脚趾，就能支撑起全身的重量，快速地向前移动。到了那时候，号称少林阴手最狠辣的一指禅功，也就算练成了。

抄起短刀，杜百川轻手轻脚地离开被窝。他没有惊动任何人，孤身一人推门来到院内。院子里一片静寂，可他的心里却难以平静。虽然早就听说奉天城内，能人辈出，但是刚住了一晚，就遇见手段如此高明的暗褂子，也是断然不曾想到的。

“不知是绺子上的朋友遛弯，还是江湖上的兄弟落了难，今日老弟在此落脚，还请朋友照应，抬脚受累远行几步，站脚之地让与兄弟，莫要在此寻找。”杜百川站在院子当中，并不张扬，借着微弱的月光，他并未发现房上之人的身影，只好轻声对着四下的房顶说道。声音不大，但房顶已经足够听得真切。

过了好一会儿，房上才传来回话，声音也不大，问：“怎么称呼？”

“开膛破！（姓杜。）”杜百川用上了春典搭话，证明自己不是未经江湖的空子。

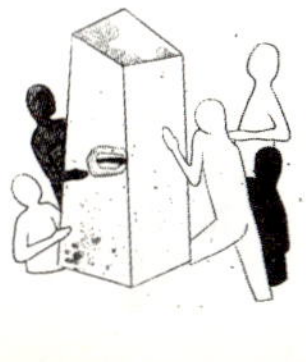

“万儿不响！（不认识，没名气。）”房上之人有些不屑。

杜百川不卑不亢，接着他的话说：“支杆响卦，万儿得养！（我是走镖的，刚来这边，名号还没亮出来！）”

“罢了！”房上之人叹了口气，接着说，“哪几间塌笼里躺着达官，你挨个儿房门走一走，既然你是过路站脚，然后回去睡你的觉，都是褂子门儿，我不砸老海家饭碗，但你也别挡我砸窑取货。（哪里有你的人，我不动，你也别耽误我拿别人的钱。）”

杜百川有些为难，虽然对方说得明白，自己走镖也不该惹别人家的是非，节外生枝，可店老板是赵掌柜的远亲，如若不管不顾，实在是不仁义，只好再说：“虽然不是坐山守海（虽然我不是护院的），可窑老板与我是旧相识，还请兄弟卖个面子！”

“你他妈跟我装空子？（你不按规矩办事。）”人影突然从房顶站起来，明晃晃的短刀在杜百川的头顶银光闪闪。来人显然有些动气。

“不是不懂规矩，实在是碰见了，不能不管。老合家哪有择出自己坑朋友的道理。还请兄弟海涵！”杜百川双手交叉，两个大拇指竖着朝对方一抱拳，并不肯退让。

这次，房顶之人并没有说话，只是静静立在原地，双方在冰冷的寒夜僵持起来。

就在二人打着各自的算盘，将动未动的时候，杜百川身后的门突然开了，里面噌地蹿出一道人影，形如风，快如电，不等他们反应，两步就登上了墙："我师哥可是好话说尽了，你可是给脸不要！"

原来李慕侠早就醒了，一直在屋内侧耳倾听两人的对话，见师哥好言好语商量无果，终于忍不住心气儿，冲出房门，要和盗贼动手。

杜百川暗道不好，他故意压低声音，怕的就是吵醒旁人，把事情闹大，不好收场，可万万没想到还是被李慕侠察觉。当杜百川再想喝住李慕侠的时候，房顶上的二人已经交上手了，原本的阻止也变成了提醒："小六子，别伤人，点到为止。"

动起手来，李慕侠哪管那些，只见他一招比一招猛，一招比一招快，双拳如同铁锤一般带着风声嗡嗡地砸向对方。杜百川知道，这是三皇炮锤，套路简单实用，拳路刚猛沉稳，密集如雨，蓄力发力就在一瞬间，拳拳奔着对方中间的门户，以攻代守，叫对方没有招架之力。

房顶的瓦砾随着二人缠斗一片一片掉落下来，终于把整个客店的人吵醒。房门纷纷打开，人们围在杜百川的周围，不明所以地挑着灯看向房顶打斗的双方，乱在一处。张策和吕淳义几人明白，这是师哥盘道失败，李慕侠替师哥出头。

"用不用上去帮帮小六子，或者到四周截住他，省得他

跑了。”吕淳义问一旁聚精会神观看打斗的杜百川。

“小六子年轻，你怎么也不懂事了？”杜百川白了他一眼，旁人就都不再搭话了。

几趟拳下来，二人依旧没有分出胜负。虽然三皇炮锤的力道刚猛，可是对脚下的重心要求很高，在凹凸不平的房顶上，脚底下拴不住地，送过去的拳自然少了几分力道和凶猛。反观对方的套路，闪转腾挪，有攻有守，时蹲时躺，时立时卧，虽然手上不停地拆挡李慕侠的炮拳，但是脚底下却仍旧钻着空子进攻李慕侠的下盘。

“好一套趟子踢腿！”外行看热闹，内行看门道，观望多时的张策一语道破对方的路数。

“戳脚翻子拳，在东北根基颇深，看这人的文武趟子都打得有模有样，小六子得变招了！”杜百川虽然也觉得对方手段非凡，可言语中并没有显露出太多担心。

话音刚落，李慕侠仿佛听到杜百川的话 样，突然变了套路，重心下移，使出了看家的查拳弹腿。对方攻下盘，他也攻下盘，对方上腿，他也上腿，夜空中两条腿风驰电掣，以刚制刚，短短几个回合，对方就有些招架不住，起了败势。

“小兄弟，把他拿了报官！”客店老板此时也看出端倪，怂恿李慕侠把对手制住，交给官府。

“不可，此人不是一般毛贼，光凭这身功夫，江湖道上应该也有不少帮衬，老板的买卖天长地久，千万别招惹这一路人，以免招来祸端。”杜百川说。

再看李慕侠，此刻已经占尽了上风，对面的盗贼只有招架之力再无还手之功，杜百川赶忙喝停：“行了，小六子，给我回来。”

李慕侠打得起劲，并不理睬。杜百川又加大了声音，怒斥道：“再不回来，明天你自己回去，这趟镖你不用走了！”

一听这话，李慕侠才缓缓地放慢招式，停了下来。此时，盗贼已经被他逼到房檐，再退两步，必然跌落屋顶。他俯身趴在房上，大口喘着粗气：“今日我闹肚子，不然就凭你小子！”

“要不是我师哥……”

“下来，别废话了！”杜百川再次打断李慕侠，拨开众人，再度朝房顶一拱手，“兄弟，师弟李慕侠不懂事，贸然进犯，实在是感谢兄弟手下留着情面，我替他给您道个歉，赔个不是。”

“别说那好听的，我这人有皮有脸，输了就是输了！但是这笔账，我记上了。走镖的我见多了，你们这么横的算头一份儿，记着，你要硬，就硬到底。青山不改！”

“绿水长流！”

“回见！”说完，伴着众人的目光，盗贼三下两下翻下

墙头，离开了客店。

四

杜百川一行人道别老板离开奉天，赶着镖车一路西行，走营口，出锦州，眼看就要过山海关，一路上总算平安无事，杜百川悬着的心才慢慢放下。

“以武会友，镇远无双，盗匪退让，我武唯扬！合——吾。”

“出了山海关，镖号喊得频点儿，尤其是过山过坎，高宅阔院，更得给我亮亮堂堂地喊着！”杜百川吩咐喊镖号的伙计们。

“为啥啊师哥？”李慕侠不解地问。

杜百川神秘一笑，只说：“小六子，从这往后，可都是高手云集的响当当的地方，咱可得做好准备。”

“准备什么啊？”李慕侠问。

杜百川说：“京津直隶自古就练家子扎堆，咱们押的是威武镖，如果遇见好事者想探探路子的，就难免有一番较量，但这种比试不伤人不截货，就是互相抬一抬名号罢了。”杜百川解释说，“毕竟咱们以后要常走这趟线，不认识几个朋友，不在江湖上过过手，哪有人知道咱们，哪有人肯把买卖交给咱们做，所以真有盘道的，也不算是坏事儿。”

“敢情这个切磋两头都有好处啊！我说师父在世的时候，总是和人比武较量，原来是这个道理。”李慕侠恍然大悟。

杜百川接着说：“都是练武的，肩不能挑手不能提，又没有什么手艺，要想吃上饭，就得互相给面子，互相捧着，我胜了你，出去得说侥幸，你赢了我，你也得和旁人夸夸我的本事。有饭大家吃，褂子行才能好！”

“那在奉天，你为什么不让我打赢那个人！”

“屁话，人那是求财，咱们拦着人家财路，已然是有些失礼，你还想叫人在你手里栽跟头，丢人现眼，气量大的吃个暗亏自认倒霉就算了，气量小的，带着自己兄弟，搅得你三千里不得安宁！”一说到那晚的事，杜百川还是觉得后怕。

李慕侠这才收声，撇撇嘴跑到前面去了。

车马安稳路过天津，继续向北，路上逃难的人越来越多，据说山东闹了义和团，拳匪打着收拾洋人的旗号，一边对付洋人，一边搜刮百姓，山东全境生灵涂炭，民不聊生。杜百川几人都被这突如其来的消息弄得魂不守舍，毕竟他们几人闯荡东北，家里还有妻儿老小守着几分薄地，等待着男人从关外回来，接他们过去。所以，众人加快了前行的速度，晓行夜宿，一刻也不肯耽搁地奔向山东。

这一日，杜百川领着众人到达沧州境内，还不等进城，就被一个女娃拦住去路。

“你们没降镖旗，不准往前走了，不然我告诉爷爷！”女孩十一二岁，嫩声稚气地朝开路的趟子手喊。

众人都笑，吕淳义跑到前面，见女孩儿漂亮可爱，不由得想起自家的娃娃，忍不住逗她说：“凭啥俺们得降镖旗呢，女娃娃？”

女孩儿一时被吕淳义问住，翻着大眼睛想了想，终究没有想出答案，只好说：“不知道，反正就是得降！”

杜百川早些年跟着师父走南闯北，但押镖也是头一回，虽然隐隐觉着有些问题，却也吃不准是哪儿的规矩，有心想把镖旗落下，又怕招到众人质疑和耻笑，毕竟威武镖是自己的主意，如今因为这女娃一句话，就把镖旗降了，实在有些玩笑。

想到这，杜百川走上前对女娃说：“孩子，你家大人呢，路上坏人多，快回家去！”说罢，甩身下马，想抱起孩子，放到一旁，好叫车马继续赶路。

还没等杜百川的双手环住女孩儿，就见她身子向后一闪，两步来到杜百川侧面，朝着杜百川肋下就是一拳。这一拳可惊呆了众人，杜百川一皱眉，双手顺势回落，拨开了女娃的进攻，只是这突如其来的变故，杜百川只能应急防御，劲头有些大了，女孩的小臂被狠狠地拨开，胳膊一酸，哇的一声哭了出来，边哭边跑，嘴里还叫着："你们等着，我去找我爷爷！"

众人面面相觑，走也不是，留也不成。杜百川心有愧疚，觉得女孩子刚才那两下，想必也是经过高人指点，家中大人，自然也是江湖中人，自己虽然下手重了，但总还是有理可说。所以他决定留在原地，等孩子家长过来，解释一番，实在不成再留下点儿银子，也算是个交代。

不多时，一个鬓发斑白的老者牵着女孩儿从远处走了过来。老者慈眉善目，行走之间掺夹着一股子硬气，明眼人一看便知，这绝对不是寻常人。

老人不慌不忙走到近前，先是看了看杜百川，又瞧了瞧其余几人，最后目光落到镇远镖局蓝底黄边随着风飘荡的镖旗上，眉头一皱："几位从哪儿来啊？"

"回前辈话，小镖号从关外溪城，押着镖要奔山东去。"杜百川欠身拱手。

"一路就这样过来的？威武镖？"老人指了指迎风招展的镖旗。

"一路就这样，因为新起的炉灶，头趟镖，眼下世道乱，买卖难做，想留下点儿名号，一大家子吃饭呢！"杜百川说。

老人点点头，问杜百川："我家孙女跟你动了手了？"

"我好心抱她到路旁，孩子打我肋下，我回手掩挡，

实在是没了轻重，让孩子受委屈了！还请前辈不要怪罪。”不知怎的，老人每一句话都像压在杜百川心里的石头，每问一句，压上一层，只感觉越说越没底气，越说越胆怯。对方气息凌人，是那种在长期交手中养成的无形的威严。

“哦，我想也是这个孩子先伸了手，不然你们一帮大人，也不至于和孩子置气。不关你们的事，是我给娇惯坏了！”老人摸了摸女孩儿的头。

“爷爷，他们不降镖旗就想进沧州！”女孩躲在老人身后说。

“回去找你二叔玩去，女孩子家家，成天研究这江湖事，以后找不到婆家！”老人蹲下身子，拍了拍女孩儿的脑袋，女孩儿撅着嘴气鼓鼓地一扭头跑走了。

直到女孩儿走远了，老人才站起来，先前的慈眉善目渐渐变得冰冷起来：“镖不喊沧，从天津到北京，从山西到热河，哪一家镖局路过沧州敢不降镖旗！你们是有多高的能耐啊！”

“俗话说，不知者不怪，晚辈当真不知还有这一说法。”杜百川说。

“镖旗留下，你们走吧。”

“放屁！”李慕侠突然一声大喝，翻身下马，走到镖车前面。

杜百川一把拽住他，自己挺身走向前去：“前辈，不知者不为过，我们有冒犯的地方，改了就是，为何要留我们镖旗。”

老者没有再瞧杜百川，恶狠狠的眼睛透着凶光盯着李慕侠：“年轻人，你可狂着呢！”

“说对了，狂着呢！沧州怎么了，沧州就不容人了吗？镖不喊沧，我看就是你们想把着镖行的生意不给旁人做。我还就不服了！”李慕侠乜着眼睛看向老者。

“好，镖旗我不要了，只要你能过去我这里，我保证沧州大小镖局教场没有一个人敢拦着你，敢不敢来比划比划！”

李慕侠真的动了怒，甩开杜百川，一个箭步冲向老者，紧跟着一脚踹向老人的面门。老人也不含糊，侧过身子就把双掌从腰间推了出来，李慕侠感到背后一阵风袭来，赶忙哈腰闪躲，老人的膝盖又紧随其后冲了上来。这一下正顶在李慕侠的胯上，李慕侠只觉得下肢阵痛，失去了平衡，摔倒在地上，腿上发了几次力，都没能站起来。

“张策，去把小六子架回来！”杜百川见师弟落败，一张赔笑的脸也变了颜色，他先检查了一下李慕侠的伤势，发现是胯骨关节受到重击，并无大碍，才放下心，扭头奔着老者走来：“前辈，不说别的了，既然如此，我陪你过过手吧！”

老人冷哼一声：“来！”

“失礼了！”杜百川右脚一跺，朝着老人便是一拳。这一拳毫无新意，也毫无变化，就是直挺挺的一记炮拳。老人一皱眉，左手插进杜百川的手腕内侧，接着巧劲儿向外一拨，右手以掌化刀，一个力劈华山砍向杜百川的面门。

“师哥！”身后的兄弟见老人这一劈来得又猛又急，失声惊呼起来。

杜百川非但不躲闪，反倒紧跟两步，几乎要钻进老人的怀中。左手顺着俩人中间的缝隙，忽地蹿了出来，直逼对方咽喉。老人只好收回右手，向下硬截住轰来的拳头。虽然他按住杜百川的拳头，可这一击的力量却叫他平地跳起老高，凌空向后退了几步，才勉强站住。

挫则侧身跟步进，闪展腾挪击；
速如闪电莫迟疑，快打出不意；
硬如钢锥戳软泥，冲撞莫松弛；
脆如爆竹发寸力，克坚如摧壁。

不等对方回击，杜百川跟上几步，再次发起进攻。这一次，他使出了弹腿，他的弹腿要比李慕侠用得更加轻车熟路，也更变化多端。踩、踢、踹、扫、勾、挂、排、缠、点、撩、截、拐，每一势打得都规规整整，每一招交代得也明明白白，他像一本拳谱一样，严格地按照师父传授的顺序，把二十八路弹腿的套路循环往复地施展开来，一点儿也没偷工减料。即便遵循着套路打，老人也依旧应接不暇。不一会儿便头顶见汗，连连溃退。

“镖车给我往前走！”杜百川一边向前进攻，一边喊着。

趟子手和几位镖师得到号令，心领神会，齐声喊起了镖号：“以武会友，镇远无双，盗匪退让，我武唯扬！合——吾。”

镖车缓慢地向前走，杜百川也一点一点地往前攻。老人此刻早已有心收手，可杜百川用镖车押着自己往后退，实在是不给自己留脸面。他咬了咬牙，使出了戳眼珠、踢裆下的手段。

杜百川却并不在意，他本无心如此强势，实在是老人蛮不讲理，又伤了自己的师弟，心里一股子火，非得都撒出来不可。

“不打了！我认栽！”

直到老者喊停，杜百川这才收起拳脚，面不改色气不喘地说道：“这沧州，我镇远镖局可就挑旗过了？”

此时，道路两旁已经站了不少看热闹的人。老人此刻还没倒匀气，但还是点了点头。

“也不知道你说了算是不算，不过即便不算，今天我把话撂在这儿，我这趟威武镖，就是要喊着镖号挂着旗，大大方方地走出你们沧州！拦着我的兄弟，先掂量掂量自己的

能耐。”杜百川孤注一掷的坚定，叫在场所有人都为之一颤。

老人铁青着脸，咬着牙憋了好一会儿，对路旁一个伙计打扮的人说：“认得我不？”

“认得认得！咋能不认识您啊，张镖头！”

“去镖局给我传个信儿，就说总镖头张岚枫有命，沧州诚兴镖局所有在家的镖师都给我出来，护送镇远镖局走出沧州地界，保证他们的安全。”老人说完，朝杜百川一抱拳，拂袖而去。

“谁？他是谁？”吕淳义捅了捅身边的张策。

张策也有些蒙了：“沧州神拳，张岚枫！”

杜百川也才大出了一口气，心想，镇远镖局，这样就算立起来了吧？

五

终于进了山东境，李慕侠也终于可以行走自如了。一路上，李慕侠都在缠着杜百川问：“师哥，你知道他是谁吗？”

“听说过，不认识。不然我也不敢跟宗师动手啊！”杜百川确实没说假话，人的名，树的影，如果他提前报了号，杜百川还真不敢与之交手。

“这沧州也是没人了，这两下子都是沧州神拳，你说咱师父活着的时候，能打过他不？”

“废话，我还能比咱师父厉害吗，傻小子？”杜百川乐了。

张策听见他们二人说话，跑上来说：“我看你就比咱师父厉害，师哥！信不信，咱们返回的路上，肯定走到哪儿都有人要来和你过过手，到时候一路从山东打回东北，杜百川的名号，可就真真地叫响了！哈哈哈！”

杜百川摇了摇头，说：“我就是看不过他打小六子。你们别以为我打过了张岚枫就天下无敌了，还是那句话，能人多了，江湖上，谁也别说谁能永远不栽跟头！”

李慕侠和张策还想再奉承师哥两句，可杜百川已经催马向前，家乡近在咫尺，说心里不急，那是假的。

“师哥，你慢点儿，镖车跟不上了！”吕淳义押着镖车，紧赶慢赶也追不上杜百川，这才喊道。

杜百川突然勒住缰绳，从马上下来，一举手，叫停车马队伍。

“怎么了，师哥。”吕淳义问。

杜百川指了指前方，一排荆棘条子横在路上，阻断了前行的去路。几人皆是一惊，没想到一路过来，竟然在家乡门口遇见土匪恶虎拦路。

“都别作声，别碰那个荆棘条，在这儿等着，我去前面问问道！”杜百川说完，转身弃马，走向左前方的林子里。

“合——吾，在下杜百川，今日小镖号冒昧路过贵宝山，还请林中兄弟行个方便，如若听见，请当家的见面一叙。”杜百川对着山林，高声喊道。

“杜老板，可还认得我啊！”林中闪出一人，杜百川定眼看去，发现并不认得，可这声音却极为熟悉。

“当家的，咱们有过老交情？”杜百川问。

“杜掌柜的真是贵人多忘事，如今万儿响了，就不记得兄弟了！”

杜百川猛地想起，这个声音不就是在奉天住店的时候，房顶那个盗贼吗！

“兄弟，想起来了，那晚当真是哥哥做得不对，我这里有些银两，当家的领着林中其他几位弟兄喝酒吃肉，日后有机会到溪城，哥哥自当盛情款待，决不含糊！”杜百川自知理亏，从腰间解下钱袋，丢到土匪脚下。

土匪捡起钱袋，在手中掂量掂量，笑着说：“那我就恭敬不如从命，收着了？”

“收着，收着，不然哥哥心里过意不去。”

“这笔账咱们两清了。”

“兄弟留个蔓儿，总走这条路，日后哥哥免不了麻烦老弟。”杜百川说。

“那就不必了吧！杜掌柜，你为了这群兄弟可真是煞费苦心，连这种招都想得出来，我也是当家领人吃饭的，仁义，佩服！后会有期！”说完，一闪身消失在林中，不见踪影。

杜百川返回镖车跟前，不理会旁人问话，只是紧锁着眉头，围着镖箱转了三圈，终于打定主意，丢出一把钥匙说：“知道刚才那人是谁吗？就是那晚和小六子动手的人！来，把镖箱打开。”

“师哥，这可使不得啊。给钱可以，货可不能给，这可是赵掌柜……”吕淳义拿起钥匙，但是不敢开箱。

“什么赵掌柜，这是四车石头，我为了亮个头镖，求着赵掌柜签了假镖单，为的是开个好头，以后能有买卖做。”杜百川无奈地说。

“石头？”李慕侠也有些蒙。一时间，只有张策明白杜百川的用意：“没有这一车石头，咱们镇远镖局什么时候才能接到生意，你们怎么还不明白？”

经张策这么一说，大家才恍然大悟。显然这一趟石头镖已经起到了效果，回到溪城，买卖想必不会少了。

“赶紧开箱子！”杜百川还是不懂刚才那人的意思，急切地想要看看，镖箱里究竟怎么了。

第一个镖箱打开，里面确实如杜百川所说，堆满了一块一块的石头，除此之外，什么都没有。紧接着，第二个，第三个，直到开启日常存放在李慕侠房间的第四个镖箱，盖子掀开，竟有一张白纸盖在石头上面。杜百川一把抄起，

只见上面写着：

天拳浮气上身形，
地足撤踅盘底龙。
悬丹停稳凭神助，
空健灵霄飘云中。
齿开明光一条线，
白挡圈围似座城。
春戳明杆八尺度，
温柔纳来十面风。

纸张从手中滑落，杜百川对呆立原地的李慕侠说道：“若不是那晚我喊住你，你早就在夜里被抹脖子了！”

“他啥时候放进去的？！神了！”李慕侠惊呼。

杜百川叹道：“这就叫高人！”

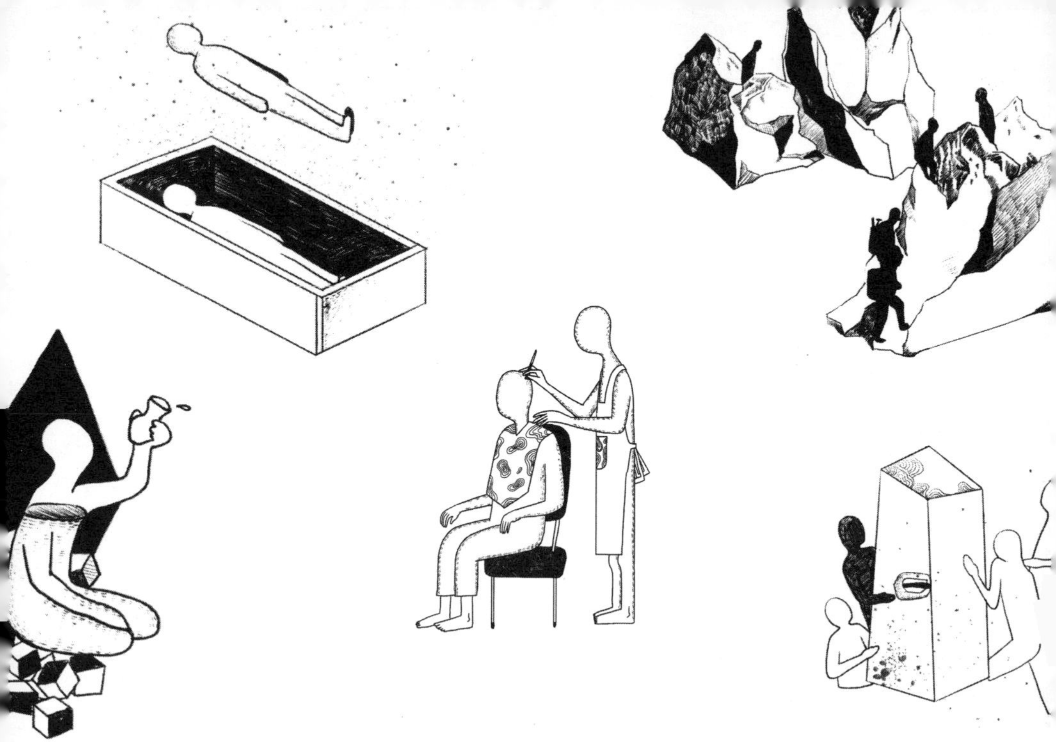

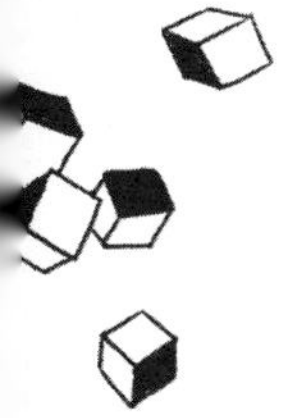

匠人的传奇总是说不完道不尽，可惜可叹的却是他们的手艺，最终在岁月长河里慢慢流逝，仅剩只言片语流传在坊间闲话中，再没有人能见得真容……

图书在版编目（CIP）数据

闲杂人等 / 梅珈瑞著. -- 北京 : 作家出版社, 2018.6

ISBN 978-7-5063-9933-3

Ⅰ. ①闲… Ⅱ. ①梅… Ⅲ. ①短篇小说—小说集—中国—当代

Ⅳ. ①I247.7

中国版本图书馆 CIP 数据核字（2018）第 051125 号

闲杂人等

作　　者： 梅珈瑞

监　　制： 杨　意

策划编辑： 黄诚瀚　林　尧

责任编辑： 杨兵兵

封面设计： 微博 @ 白砚川

版式设计： sonder

插　　画： 李丹阳　程琦瑾

出版发行： 作家出版社

社　　址： 北京农展馆南里 10 号　　**邮编：** 100125

电话传真： 86-10-65930756（出版发行部）

86-10-65004079（总编室）

86-10-65015116（邮购部）

E-mail: zuojia@zuojia.net.cn

http://www.haozuojia.com（作家在线）

印　　刷： 河北画中画印刷科技有限公司

成品尺寸： 147×210

字　　数： 135 千

印　　张： 8.5

版　　次： 2018 年 6 月第 1 版

印　　次： 2018 年 6 月第 1 次印刷

ISBN 978-7-5063-9933-3

定　　价： 46.00 元